कृष्णा सोबती

भारतीय साहित्य के परिदृश्य पर हिन्दी की विश्वसनीय उपस्थिति के साथ कृष्णा सोबती अपनी संयमित अभिव्यक्ति और सुथरी रचनात्मकता के लिए जानी जाती हैं।

कृष्णा सोबती ने अपनी लम्बी साहित्यिक यात्रा में हर नई कृति के साथ अपनी क्षमताओं का अतिक्रमण किया है। 'निकष' में विशेष कृति के रूप में प्रकाशित 'डार से बिछुड़ी' से लेकर 'मित्रो मरजानी', 'यारों के यार', 'तिन पहाड़', 'बादलों के घेरे', 'सूरजमुखी अँधेरे के', 'ज़िन्दगीनामा', 'ऐ लड़की', 'दिलो-दानिश', 'हम हशमत', 'समय सरगम', 'शब्दों के आलोक में', 'जैनी मेहरबान सिंह', 'सोबती-वैद संवाद', और 'लद्दाख : बुद्ध का कमंडल' और हाल ही में प्रकाशित उनके नए उपन्यास 'गुजरात पाकिस्तान से गुजरात हिन्दुस्तान' तक उनकी रचनात्मकता ने जो बौद्धिक उत्तेजना, आलोचनात्मक विमर्श, सामाजिक और नैतिक बहसें साहित्य-संसार में पैदा की हैं, उनकी अनुगूँज पाठकों में बराबर बनी रही है।

कृष्णा सोबती ने हिन्दी की कथा-भाषा को एक विलक्षण ताज़गी दी है। उनके भाषा-संस्कार के घनत्व, जीवन्त प्रांजलता और सम्प्रेषण ने हमारे समय के अनेक पेचीदा सच आलोकित किए हैं। उनके रचना-संसार की गहरी सघन ऐन्द्रियता, तराश और लेखकीय अस्मिता ने एक बड़े पाठक वर्ग को अपनी ओर आकृष्ट किया है और हिन्दी के आधुनिक लेखन के प्रति पाठकों में एक नया भरोसा पैदा किया है।

ज्ञानपीठ, साहित्य अकादमी पुरस्कार और उसकी महत्तर सदस्यता के अतिरिक्त, अनेक राष्ट्रीय पुरस्कारों और अलंकरणों से शोभित कृष्णा सोबती साहित्य की समग्रता में अपने को साधारणता की मर्यादा में एक छोटी-सी कलम का पर्याय ही मानती हैं। समय को लाँघ जानेवाला लेखन ऐसे लेखन से कहीं अधिक बड़ा होना चाहिए—साहित्य को जीने और समझनेवाले हर आस्थावान व्यक्ति की तरह यह निर्मल और निर्मम सत्य उनके सामने हमेशा उजागर रहता है।

माफ़ंत दिल्ली

कृष्णा सोबती

राजकमल पेपरबैक्स

राजकमल पेपरबैक्स में
पहला संस्करण : 2018
दूसरा संस्करण : 2025

राजकमल पेपरबैक्स : उत्कृष्ट साहित्य के जनसुलभ संस्करण

राजकमल प्रकाशन प्रा.लि.
1-बी, नेताजी सुभाष मार्ग, दरियागंज
नई दिल्ली-110 002
द्वारा प्रकाशित

शाखाएँ : अशोक राजपथ, साइंस कॉलेज के सामने, पटना-800 006
पहली मंजिल, दरबारी बिल्डिंग, महात्मा गांधी मार्ग, प्रयागराज-211 001
1, अनमोल सोराबजी संतुक लेन, धोबी तलाव, मरीन लाइंस, मुम्बई-400 002
वेबसाइट : www.rajkamalprakashan.com
ई-मेल : info@rajkamalprakashan.com

बी.के. ऑफसेट
नवीन शाहदरा, दिल्ली-110 032
द्वारा मुद्रित

मूल्य : ₹199

MARFAT DILLI
Memoirs by Krishna Sobti

ISBN : 978-93-87462-49-6

उन दिनों की नई–पुरानी दिल्ली की गूँथ और गूँज की दूरियों और नजदीकियों की पहचान करने में मेरे सहकर्मी गिरधर गोपाल माथुर द्वारा दी गई जानकारियों को भुलाया नहीं जा सकता है। स्वर्गीय माथुर नई दिल्ली के सरकारी बंगले में रहते थे, जबकि उनका पुश्तैनी घर ठीक लाल किले के सामने था। और, उनकी ननिहाल बेगम समरू की कोठी में स्थित थी। गिरधर गोपाल माथुर दिल्ली के पुराने परिवारों और उनकी विशिष्ट तहजीब की नुमांइदगी करते थे।

—कृष्णा सोबती

अनुक्रम

मार्फ़त दिल्ली

जाने वह कौन था जिसने दिल्ली बसाई!

खुदा जाने वह खुशकिस्मत, अक्लमन्द कौन था—कोई सम्राट, सुल्तान, बादशाह, शहंशाह, शाहजादा, महाराजा, राजकुमार, साधु-संन्यासी, पीर-फकीर या कौरव-पांडव का पुरखा जिसने जमुना जी के किनारे की इस धरती पर पहली बार पाँव रखा और चारों दिशाएँ देखकर किसी शुभ मुहूर्त में मन ही मन धार लिया कि कुछ भी हो, इस दमदार सजीली धरती पर ऐसी बस्ती बसाऊँगा कि यह हरियाली और चिरागों से सदियों-सदियों धड़कती-फड़कती रहे। आबाद रहे। नई से नई बसावट इसके उत्तर-दक्षिण, पूर्व-पश्चिम में उमड़ती-उमगती रहे। एक दिल्ली की रौनक देख दूसरी दिल्ली की नींव पड़ती रहे।

साहबो, इतिहास साक्षी है कि न दिल्ली में जीती-जागती जगमगाहट की कमी रही और न खँडहरों की। तवारीख़ी गलियारों में दुश्मनों को खदेड़ते-पछाड़ते, हारते-जीतते दिल्ली ने ऐसी जबरदस्त हस्ती हासिल की कि सैनिकों को नागरिक बनाकर शहर बसा दिया और खुद महाबली नायक का रुतबा हासिल कर लिया।

हिन्दुस्तान के विशाल चैनल पर इसी दिल्ली का महाभारती धारावाहिक सदियों चलता रहा है। सच्चाई यह भी कि शहर दिल्ली अपनी ताकत से नए से नया आख्यान जोड़ता चला गया। इसके तवारीख़ी सरमाये में न जाने कहाँ-कहाँ के बहादुर योद्धाओं का योग है। यहाँ के 'शहर-दर-शहर' अपनी कुर्बानियों से इज्जत-आबरू बनाते रहे और मनचाही बस्तियाँ बसाते रहे। सदियों यहाँ के मौसमों को गले लगाते रहे। यूँ कहें कि शहर दिल्ली अपने खँडहरों के पत्थरों की कीमत को खूब जानता-पहचानता है तो गलत नहीं

होगा। ऐसे जैसे पत्थरों में चिने निशान इसकी धरती में से चमकती सोने की परतों से निकले हों।

जब अंग्रेजों ने कलकत्ता को हिन्दुस्तान की राजधानी बनाने का इरादा बनाया तो शाहजहानाबाद के शहर के किसी शायर ने खीज कर यह मिसरा कहा—

'इस शहर का जो ख़िताब था उसे फिरंगियों ने मिटा दिया।'

उधर देखिए कलकत्ता के मुकाबले अपने शहर दिल्ली की बेकद्री होते देख दिल्लीवालों ने फिरंगी को कम कोसने न दिए होंगे।

दिल्ली वाले अपनी निगाहशनासी के लिए मशहूर रहे हैं—क्योंकि इस पर फिदा रहे हैं।

देखो निगाह-ए-शौक से
दिल्ली के नज़ारे
तहजीब की जन्नत है
यह यमुना के किनारे।

कभी लाल किले की फरफराती हुकूमती हवाओं को कमजोर होते देख दिल्ली के किसी शहरी ने फिकरा कसा—

अजशाह आलम
दिल्ली से पालम

हजरत ने शाह आलम से सिर्फ पालम की तुक ही न मिलाई होगी, वक़्त के आर-पार भी देख लिया होगा कि अगली सदी में दिल्ली के 305 गाँवों में से गाँव पालम ही उस हकीकत में बदलेगा जो सदी के बाद अन्तरराष्ट्रीय हवाई अड्डे के नाम से मशहूर होगा।

वह तो पुराने वक़्तों की बात है। अब न दुनिया से दूरी कोई दूरी है और न नजदीकी इतनी कि कारवाँ पर कारवाँ, दिल्ली की ओर बढ़ते रहे तब भी दिल्ली दूर थी, और अब भी दिल्ली दूर है, क्या सचमुच दिल्ली दूर है!

दूर तो है!

मगर कहाँ से? काबुल, कन्धार, बगदाद, ताशकन्द, समरकन्द, गजनी, जमरूद पेशावर और लाहौर से भला दिल्ली कितनी दूर है! हवाई सफर से तो यह रही! दूर तो तब हुआ करती थी जब फौजों की चढ़ाई घोड़ों पर हुआ करती थी। अमला और असलाह पैदल पार किया करता था दर्रों और दरियाओं को।

सदियों पुराने ख्वाबों की दिल्ली जो जमानों से बेहिसाब बेगिनत लोगों के सफर की मंजिल रही वह अपनी हिफाजत के लिए एक की मुट्ठी में तो बन्द होने से रही। साहबो, दिल्ली ने तो चर्रा डाली है कोई जो हज्म कर जाए। हुकमराँ तक खौफ खाते हैं। इसकी मिट्टी में जाने कितनी दिल्लियाँ दफन हैं। दानिशमन्दी इतनी कि यह अपने पैगाम अपने लिए खुद ही लिखती है। इसकी गुर्राहट किसी को भी पस्तहिम्मत कर दे। झूठ पर कभी शरमायी नहीं और सच पर कभी मुस्करायी नहीं। इसने सदियों के चक्कर में कुछ न कुछ वसूला है। दरअसल यह आत्माएँ उधार माँगती है। फिर रगड़-रगड़ कर उन्हें साफ़-शफ़्फ़ाफ़ करके ही दम लेती है। इसकी मुहब्बत इसके अपने बनाए हुए रास्ते पर दौड़ती-भागती है। वक़्त के जोर से बहुत कुछ तोड़ती है और नये से नया दौर पैदा करती है। दरअसल दिल्ली खुद ही तवारीख़ है और खुद ही भूगोल भी।

कभी कहा जाता था, दिल्ली जमुना के किनारे बसी पड़ी है। अब तो साहिब उलट हो गया। राजधानी दिल्ली जमुना के किनारे नहीं जमुना नदी दिल्ली के किनारे बँधी पड़ी है। कहीं सूखी कहीं गीली, कहीं बाँध, कहीं खेत। खेत तो दिल्ली की इमारतों में ही जज्ब हो गये, वही ज़मीनें अब हमारे पैरों तले हैं। हमारी साँसें यहाँ की सर्द-गर्म हवाओं में हैं। हमारा आज और कल इसकी मूठ में है।

हाँ, जिस दिल्ली के दूर होने की बात हमने छेड़ी है वह तो दूर नहीं। दिल्ली तो दिन-रात हमारी आँखों में है। अखबारों में, दूरदर्शन में, दिल्ली ही दिल्ली। क्यों न हो हिन्दुस्तान जैसे बड़े मुल्क की राजधानी है। दारुलखलाफा है।

इतना याद रहे, इसका पानी किसी को गरदानता नहीं। बहुत भारी है पानी यहाँ का। हलका पड़ा नहीं कि आदमी गया नहीं। यही तो वजह है कि बाहर से आकर दिल्ली में मुलम्मे के लिए आदमी को बड़े-बड़े धन्धे करने पड़ते हैं। सो साहबो यहाँ रहने की पहली शर्त इतनी ही कि आप कदम उठाएँ तो ऐसे अन्दाज में कि दिल्ली के सबसे बड़े साहबे-जायदाद चले आ रहे हैं। समझे साहिब, चाल में वह ठस्सा हो कि आज ही लालकिले की रजिस्ट्री करवा कर आ रहे हैं आप। मजाक नहीं कर रहे, आपका हक बनता है साहिब। आपका दिल ही आ गया कि लाल किले में फिल्म बनाएँ, अभिनय

करें तो आपको कौन रोक सकता है!

लाल किले के आफिसर कमांडिंग को कहाँ तो चिट्ठी लिखिएगा और कब इजाजत पाइएगा। इससे अच्छा तो यह कि दलालों की मदद से बेनामी पर खुद ही मालिक बन बैठिए। कहीं कोई अंगुली उठा दी गई तो यह कहकर सुर्खरू हो जाइए कि साहबान हमारी क्या बिसात, हमने तो जहाँपनाह की इजाजत से किया।

दोस्तों दिल्लीवालों में एक किस्सा मशहूर है। बादशाह सलामत को अगर एक अंडा चाहिए तो रियाया इस बहाने शहर की सारी मुर्गियाँ-मुर्गे हज्म कर डालेगी। फिर शहर के कोतवाल के हाथ बादशाह सलामत को सोने की तश्तरी में अंडा पेश करवा देगी। हुजूर यह शहर की सबसे बढ़िया मुर्गी का अंडा है। चखिएगा जरूर!

सो लाला बेफिक्र रहिए और इत्मीनान से राजघाट पहुँच जाइए। अब आपके लिए लम्बी-चौड़ी फिकर भी क्या बाकी है। आप तो वहीं सज जाएँगे। राष्ट्रीय नेताओं की कतार में। हुकूमत चढ़ाती रहेगी। जनता रामधुन गाती रहेगी। तब तक आप अल्लाह को प्यारे हो चुके होंगे। सबाब होगा।

इधर आप दिल्ली में निशानी बनकर डटे रहेंगे। कम से कम दो-एक साल याद भी कर लिये जाएँगे। क्यों न हो! आखिर मेहनत की है आपने, पैसा बनाया है। नाम कमाया है। खानदान रौशन किया है! हम जैसे टटपूँजियों की तरह सरकारी राशन कार्ड पर सिर्फ राशन ही तो नहीं उठाया, खाया। हिम्मत चाहिए साहिब तरकीब और तरतीब, फिर खुद के फजल से तकदीर! इन तीनों का जोड़ बस दिल्ली में ही मुमकिन है।

अजी ऐसा न हो तो मुल्क के हर कोने से उठकर खलकतें दिल्ली न चली आती रहें। क्या उन सबकी छतरियाँ यहाँ पड़ेंगी। तौबा कीजिए, प्रदेशों की राजधानियों के अमीर-उमरा और बड़े-बड़े नेताओं का सैलाब यह दिल्ली समेटेगी?

किसी ने फब्ती कसी थी साहिब कि हिन्दुस्तान की चारों दिशाओं से आ-आकर भीड़ें दिल्ली में खट जाएँ, सज जाएँ तो भी किसी फुटकर-सी बात से मुलम्मे का पतरा उतर जाएगा तो हँसी ही हो जाएगी। इस मामले में दिल्ली बड़ी बेरहम है। कभी इसकी काट कभी उसकी काट। सीधे वाले की तिरछी और टेढ़े की आड़ी। दोनों समझते हैं कि हम खासुलखास हैं। असली

खास तो नौकरशाही है बाकी तो झैन पौद लाखों में। इन्हीं लाखों शहरियों की आवाजावी के लिए दिल्ली को फसील के कई टुकड़ों में फाड़ दिया गया। क्या बतावें हमारे दिल पर क्या गुजर गई थी जब हमने तुर्कमान गेट से दिल्ली दरवाजे तक की फसील को ढहते देखा था। जहाँ अब जाकिर हुसैन कालिज की इमारत बन रही है—उन दिनों हम वहीं सरकुलर रोड पर रहा करते थे। बड़ी अफवाहें थीं कि कइयों को खजाने हाथ में आए हैं। अपने यहाँ खाना बनाते पीटर कुन्दनलाल एक विक्टोरिया की मोहर जरूर उठा लाए थे। कहा कि मिट्टी के ढेर से मिली है। यूँ तो वह अपनी हाथ की सफाई के लिए मशहूर थे पर दिल्ली ठहरी, खँडहरों में से कुछ भी पाया-उगाया जा सकता है।

दिल्ली की जेल पहले तिहाड़ में नहीं वहाँ हुआ करती थी जहाँ अब मौलाना आजाद मेडिकल कालेज है। हॉस्टल के कमरे खास वही हैं। जब पुरानी जेल टूट रही थी, उन दिनों हम लोग मीर दर्द रोड पर रहा करते थे। मीर दर्द दिल्ली के मशहूर सूफी पीर थे। 'इरविन हास्पिटल' वाली सड़क बड़े अमन-चैन से दिल्ली दरवाजे से होती हुई दरियागंज को निकल जाती थी। थोड़ी-सी गाड़ियाँ, बाकी ताँगे।

अब देखिए छःराहा। दाएँ-बाएँ, आमने-सामने सड़कें लपकने भागने लगी हैं तारकोल की। तारीफ करनी होगी दिल्ली के हार्टीकल्चर महकमे की जिसने हिन्दुस्तान के दारुलखलाफा को हरे-भरे पेड़ों से सजा दिया। दोस्तो हमें अपने शहर की हरियाली पर बहुत गुमान है। दीवाने-खास और दीवाने-आम में सच्चे नगों वाली जड़त भी फीकी लगेगी इनके सामने। अमलतास, नीम, गुलमोहर, जामुन, इमली, कीकर, कनेर और न जाने क्या-क्या, सलीके से कटी-छटी शाखाएँ, पत्तों की फबन और झुरमुट बने पेड़ों की छत्र पर चहचहाते परिन्दों का शोर। हलका ऊँचा मिला-जुला इकहरा, दोहरा-तेज—धीमा। लगता है पेड़ों ने अपने-अपने हलकों के बातूनी वोटरों के घोंसले अपनी-अपनी शाखाओं पर कायम कर दिये हैं। करें भी क्यों न! करना पड़ता है। नहीं करेंगे तो चुनाव कैसे जीतेंगे। हम तो एक बात जानते हैं कि पेड़ों के वोटरों और उनके रैन-बसेरी घोंसलों का रजि़स्ट्रेशन अगर दरख्तों ने करवा दिया तो 'एक के बाद दो और दो के बाद कभी नहीं' के बावजूद दिल्ली की मदर्मशुमारी में वोटरों का ग्राफ ऊँचे पहुँच जाएगा। सोचिए जरा,

कभी दिल्ली की आबादी तीन लाख हुआ करती थी।

जी, अगर जामुन के पेड़ों ने इमली के पेड़ों से गाँठ ली तो दिल्ली के नक्शे पर एक और 'माइनोरटी' उभर जाएगी। ऐसे हालात में होगा क्या? इनके शोर-शराबे और माँगों से घबरा कर क्या डी.डी.ए. कोई नई रीसैटलमैंट कॉलोनी बनाने का इन्तजाम करेगी या इन्हें भरतपुर में बसाएगी? क्या खबर दिल्ली के पेड़ों के परिन्दे सायबेरिया से आए मेहमानों से इतने घुल-मिल जाएँ कि तादाद दुगुनी हो जाए। उनको भी प्यार-मुहब्ब्त है। पंखों वाले परिन्दे हुए तो क्या हुआ! मुहब्बत और खुद्दारी में किसी से कम नहीं। इनसानों से पाँव उधार लेने से रहे और पंख नुचवाने से रहे। वैसे ये दिल्ली वाले पारखी कभी गदर पर उतारू हो जाएँ तो करिएगा क्या? शाखें कटवा डालिएगा कि दरीबे से मोती चुनवाइएगा!

नहीं साहिब, पुरानी दिल्ली के हजारों-हजारों कबूतर अपनी शहरी आइडेंटिटी के लिए चोंचों से जूझ मरेंगे। बड़ी ढीठ कौम है। उन्हें उबारने की कोई सूरत न निकली तो बहुत बुरा होगा। दिल्ली के आरामतलब नौदौलतिए इनकी चोंचों से यकीनन घायल होंगे। इनके पुरानी तर्ज के शोर से मर-मर जाएँगे बिचारे। चू-चं-चूँ-खूँखू-खूँट-खूँट। टख टख ऊँ-ऊँ चूँ-चूँ कट-कट चीं-चीं क्या करेंगे उन कानों का जिन्हें विदेशी और अपने शास्त्रीय संगीत की आदत हो चुकी है।

थिएटर कम्यूनिकेशन बिल्डिंग से लगे दो बड़े-बड़े पत्तों वाले खुशहाल ऊँचे पेड़ जो बाकायदा अपने कद-बुत से रीगल बिल्डिंग को चुनौती दिया करते थे जाने कैसे दिल्ली की पुलिसिया तल्खी के शिकार हो गये। सरेआम कनॉट प्लेस में दंगे, नौटंकी-सी खेल दी। झुंड के झुंड तोतों के और रंग-बिरंगी चचेरी चिड़ियों की जमात। जाने किस पर लगी फूटी होगी कि दंगाई ही बरपा हो गए।

सामने गोल डाकखाने की सीध में गहरे नीले आसमान में ढलता सूरज लालिमा का कटोरा बना इतराता था। हमने देखा तो कुछ देर के लिए आँखों के आगे से दुनिया ही गायब हो गई। पेड़ थे, परिन्दे थे। आसमान था। सूरज था। अचानक चौंके। फिर वही शोर, पंखों की वैसी फड़फड़ाहट हमने दुबारा अपनी ज़िन्दगी में कभी नहीं सुनी। कनॉट प्लेस के गोल पार्क में बज रहा पुलिस बैंड एक तूती-सी बनकर रह गया नक्कारखाने में। बहुतेरी कोशिश

की यह समझने की कि आखिर कौन-सा मैच खेला जा रहा है। यहाँ भी सयासी खेमे बदलने का कोई कम्पीटीशन है क्या? अचानक एक गहरी दर्दीली आवाज हमारी रूह को हिला-हिला गई। अफ्रीका का पंछी है यह! जी नहीं ये कौन चिड़िया है। दोपहर में बोला करती है दुख-दुख...यह वह नहीं। यह काला अंग्रेजी चिड़ा है। तसवीर है अपने पास। शिमला वाले मिस्टर सैमुअल याद हैं न। उनकी दुकान पर चिड़े की एक बड़ी-सी तसवीर लटकी रहती थी। चिड़े की आँखों पर एक चश्मा भी रहता था। सफ़ेद फ्रेम का। हमने अपने मामू से पूछा कि चिड़ा और चश्मा—ऐसा क्यों।

मामू साहिब हँसकर बोले, लगता है चिड़ा सैक्रेटेरियट में काम करता रहा है। देर तक बैठा होगा फाइलों पर। नजर कमजोर हो गई—उस रोज खाने की मेज पर यही बातें चल निकलीं।

भोली भटियारिन वाली पिकनिक पर हमने नीलकंठ देखा था। तालाब पर मुरगाबियों के झुंड के झुंड। छर्रे वाली बन्दूक भी चला दो तो आवाज से ही फड़फड़ाकर नीचे गिर पड़ें। अलवर से उड़ी आती हैं। अजीतगढ़ वाली पहाड़ी पर मोर और मोरनियाँ। झुम्मा झूम!

हमने एक और छलाँग मार दी। चाहते ही थे कि हम सबसे बढ़िया कहें। जन्तर-मन्तर की सीढ़ियों पर चढ़ने की होड़ थी। हमें तो मालूम था कि लौटते में हम सीढ़ियों को नहीं अपने पाँव को देखेंगे, नहीं तो इतनी ऊँचाई से लुढ़क कर नीचे। पाँच-सात सीढ़ियाँ चढ़नी बाकी थीं कि सबसे ऊपर वाली सीढ़ी पर हमें एक चील बैठी दीख गई।

सुनने वालों को हमारे कहे हुए पर शक होने लगा, "क्यों आपने चील को दूर से ही देखा कि कुछ पूछा-ताछा भी?"

हम अड़ गये। चील तो उड़ने को तैयार ही थी। सोचा हो न हो, भरेगी तो उड़ान यह ग्रीस की। ग्रीस ठहरा अपना पुराना वतन। वहीं से तो हमारे पुरखे हिन्दुस्तान आए थे। हमने दो बार सलाम कर दिया। एक बार 'चील' को और दूसरी बार ग्रीस को।

"अलविदा तो किया होता! किया था क्या!" हमने मेज छोड़ने के लिए माफी माँगी और बड़े मिजाज से कहा—"हम इतने बड़े बेवकूफ नहीं हैं जितना आप समझते हैं!"

अगले दिन हमें सिकन्दर और गारीबाल्डी की किताबें इनाम में मिलीं।

कनॉट प्लेस के भवनानी पर हफ्ते में दो–तीन बार घंटा–भर गुजारना हमारा बँधा था। यूँ तो हम इनी–गिनी किताबें ही खरीदते पर अलटते–पलटते कुछ पसन्द आ जाए तो उसे पढ़ने लगते। जिस पन्ने पर छोड़ते उसे याद रखते और फिर अगली बार वहीं से शुरू। कनॉट प्लेस की निहायत नखरीली नकचढ़ी बुकशॉप पर हमें कभी ऐसी नजर से न देखा गया कि हम वहाँ जाने से कतराते। यह कमाल सीनियर भवनानी साहिब का था। भवनानी साहिब अपनी शकल–सूरत और पहरावे में बेहद नफीस और एलीगेंट। राजदूती शख्सियत, कद ऊँचा, रंग गोरा और नाक–नक्शे पर बला की तराश। उनके सूट कनॉट प्लेस के पूरे सर्कल में सिलाई में सबसे बढ़िया हुआ करते। उनकी टाइयों में से कुछ तो हमें आज तक याद हैं। कमीज के कफ और कालर, क्या स्टार्च से मुलायम किए हुए।

ज्यादा किताबें खरीदने की तो नौबत ही न आती। कनु देसाई की पेंटिंग के पोर्टफोलियो—

श्रीलेखा–रूपलेखा–मीराबाई–कीमत सिर्फ 5 रुपया। दोस्तों की सालगिरह पर यह हमारा स्टेंडर्ड तोहफा हुआ करता। चुगताई की पेंटिंग्स–हार्ड कवर–कीमत 45 रुपए। शादी–ब्याह में भी रुपए या कपड़ों की जगह यही किताब दी जाती। भवनानी पर रंग–बिरंगे रिबनों की भरमार रहती। पैक करवाने में हम काफी मीन–मेख निकालते, मगर हमारी तसल्ली जरूर की जाती।

कभी–कभार हम खुली जेब से उपन्यास चुनते—'आल दिस एंड हैवन टू', 'रबैका', 'हंगरी हिल्स', 'स्ट्रेट इज द गेट', 'ज्याँ क्रिस्टफे', सीनियर भवनानी जरूर देखते और चुनाव के लिए खामोशी से अपनी सहमति देते।

बरसों बाद जब भवनानी के शटर डाउन हुए और वहाँ 'होस्ट' रेस्तराँ खुल गया तो हमें बेहद तकलीफ हुई। फिर यह कहकर अपने को समझा लिया कि भवनानी साहिब अपने आप में सब तरह से एक ऐसी शख्सियत थे जिसके बाद खानदान उतार पर हो जाया करते हैं। अगर कभी उनसे मुलाकात हो ही जाती तो उन्हें जानकर अचम्भा होता कि उनके यहाँ का गाहक हिन्दी में लिखा करता है। भवनानी पर हमने कभी कोई हिन्दी की किताब नहीं देखी। आज भी हालात उन दिनों से ज्यादा मुख्तलिफ नहीं। बहुत थोड़े अर्से के लिए हमने 'गलगोटिया' के यहाँ 'ज़िन्दगोनामा' डिस्पले किये हुए देखा। कई साल पुरानी बात है। उन दिनों 'धर्मदास धूमीमल' हमारी स्टेशनरी–शॉप

हुआ करती थी। कागज, स्याही, तरह-तरह के रंग-बिरंगे शीट, पेपरवेट, पिन, क्लिप, टेग्स, फाइल-कवर—ये सभी कुछ आपको अपने नजदीक होने के लिए उकसाते। रंग-बिरंगे पंखों से बने निब वाली कलमें महीनों अपने दिल में बसी रहीं। जरूर दर्जनों खरीद डाली होंगी। कीमत सिर्फ एक रुपया। आजादी के बाद सरस्वती प्रेस, कलकत्ता से पब्लिकेशन डिविजन के लिए छपा 'जजन्ता पेंटिंग' का फोलियो सबसे पहले हमने 'धर्मदास धूमीमल' के यहाँ ही देखा था। मूल्य 10 रुपए। सेंट्रल कोर्ट के नीचे 'अमृत बुक डिपो' पर हिन्दी की पत्र-पत्रिकाएँ कभी कभार झाँक जातीं। 'विशाल भारत', 'सुधा', 'माधुरी', 'माया' और 'माडर्न रिव्यू' जैसी पत्रिकाएँ हमें सैक्रेटेरियट सरकुलेटिंग लायब्रेरी से मिलतीं और हम बेताबी से उनका इन्तजार किया करते। यहीं से शायद एक शाम 'प्रतीक' खरीदा। इन्हीं दिनों 'सिक्का बदल गया' लिखी और सम्पादक 'प्रतीक' के नाम पोस्ट कर दी। 'प्रतीक' के सम्पादक थे हीरानन्द सच्चिदानन्द वात्स्यायन।

'हिन्दुस्तान टाइम्स' की पुरानी बिल्डंग वाले ब्लाक में 'राजकमल' हुआ करता था। नयी दिल्ली में हिन्दी की किताबों की इकलौती दुकान पर आते-जाते जरूर झाँकते। खुशकिस्मती से यहीं हमने वे चेहरे देखे जिनके नाम उन किताबों से जुड़े थे जो हम इन दिनों पढ़ा करते थे। कुछ रचनाएँ पसन्द आतीं, कुछ नहीं भी मगर उनके लेखकों में हमारी दिलचस्पी कम न होती।

साहबो हम ही कब जानते थे कि यही चेहरे देर तक नातेदारों की तरह हमारे खुद के अदबी लैंडस्केप से जुड़े रहेंगे—बाकायदा एक बिरादरी बनकर।

जैनेन्द्र, अज्ञेय, सुमित्रानन्दन पन्त, बालकृष्ण शर्मा 'नवीन', उपेन्द्रनाथ 'अश्क', उदयशंकर भट्ट, गोपालप्रसाद व्यास, विष्णु प्रभाकर, सत्यवती मलिक, भगवतीचरण वर्मा, नरेन्द्र शर्मा, वाचस्पति पाठक, यशपाल जैन, डॉ. मोतीचन्द, देवेन्द्र सत्यार्थी—इन सबको हमने अलग-अलग शामों में कनॉट प्लेस के 'राजकमल' में ही देखा। दोस्तो, चौंकिएगा नहीं अगर हम आपसे कहें कि एक शाम अपने घर पर अज्ञेय को देखकर हमने यह ठान लिया कि लेखक जरूर बन कर रहेंगे। वैसे अज्ञेय हमें नौसिखिये समझ कर भी बात करते तो हमें अच्छा ही लगता। लेकिन उन्होंने हमसे बराबरी से बात की! गम्भीरता से पूछा—अब तक कितनी कहानियाँ लिख चुके हैं।

हमें न अटपटा लगा, न संकोच हुआ। कहा जी सिर्फ एक 'सिक्का बदल गया'। उसे 'प्रतीक' में भेजा है। अज्ञेय हलका-सा मुस्कराए।

प्रगति प्रकाशन के दिनों में पुरुषोत्तमदास टंडन के घर वाले मोड़ पर हमें वात्स्यायन और प्राण नागपाल मिल गये। प्राण साहिब ने जोश-खरोश से हमें अगली शाम के लिए चाय के लिए दावत दे दी।

साहबो, वह एक यादगार शाम थी। कुछ बातचीत की। चाय पी और घंटे-भर बाद उठने को हुए। वात्स्यायन जी ने 'प्रतीक' का नया अंक थमा दिया, इतना ही कहा—देखिएगा।

प्राण नागपाल कुछ मजाक से कुछ नटखटपन से हमारे तौर-तरीके को देखते रहे। हम बाहर निकले तो बरामदे में कहा—आपकी कहानी अच्छी है—हमने शुक्रिया किया और खासी सख्त आवाज में कहा—हम आपके शुक्रगुजार हैं कि आपने अच्छी के साथ 'बहुत' नहीं लगा दिया। हमें लगा कि वह हमारा हलका-सा मजाक उड़ा रहे थे। घर पहुँचे। रास्ता सिर्फ पाँच ही मिनट का था। फिरोजशाह रोड के घरों के दरवाजे और टेलीग्राफ लेन के भी दोनों इलेक्ट्रिक लेन में खुला करते थे। हमने 'प्रतीक' बिना खोले, बिना देखे अपनी मेज पर रखा और खाने पर हो गए।

सोने से पहले इत्मीनान से 'प्रतीक' खोला। पहले पन्ने से शुरू किया। 'सिक्का बदल गया' तक पहुँचे तो अपने नाम की पहचान करने लगे। कई बार पढ़ा नाम अपना, कैसा तो दकियानूसी। सिर्फ जरा-सी ताजगी सोबती में थी। साहब्रो उस रात हमने जो भी सोचा उससे कुछ तो फायदा उठा ही सके। नाम का मसला तो हमने एक तरफ सरका दिया। नामुराद चेहरे की बात आयी तो अपने से कहा—जिसके घढ़ने और गढ़ने के जिम्मेवार आप नहीं, आपके माँ-बाप ही उस चेहरे को बदलना भी चाहें तो क्या किसी से कुछ देर उधार माँग सकते हैं! दिल्ली के मशहूर शामियाने वालों तक के यहाँ इसकी सप्लाई नहीं। फिक्र छोड़िए, कहानी पढ़ी। फिर नाम देखा इस बार फिर नयी तरंगें हम तक पहुँचीं। नाम इतना बुरा न लगा। सोचा अब जो है सो है। हाँ, शीर्षक कहानी का अच्छा रहा।

आपसे एक राज़ की बात छिपाएँ तो अच्छा न होगा। 'प्रतीक' हमने मेज पर रख दिया और तकियों के सहारे काफी देर लेटे रहे। टेबिल लैम्प की रोशनी में छत की ओर देखते रहे। उस रात वाले लेखक से ज्यादा महान

लेखक हम फिर कभी अपनी ज़िन्दगी में न बने। और न ही हमने आराम करने को वैसा कलाकारी पोज ही कभी बनाया। अगली शाम हमें अपनी प्रकाशित कहानी पर कुछ लाड़ आया। 'वैंगर्स' के लिए चल दिये। विंडसर प्लेस वाला हरियाला द्वीप सँझाते उजाले में कोई ख्वाब-सा लगता था। सामने 'नवीन' जी का घर था। हम एक लम्हा-भर ठिठके, क्या उनसे मिलें। इसके पहले हम अपने से कुछ और कहलवाते हम 'क्वीन्सवे' की ओर चल दिये।

इम्पीरियल होटल के साथ 'मैसोनिक लाज' के आगे शरणार्थियों की भीड़ थी। हमने आँखें चुरा लीं और जल्दी-जल्दी हैमिल्टन वाले ब्लाक की ओर हो गये, 'वैंगर्स' के बड़े हॉल में हमें अपना मनपसन्द टेबल मिला। पियानो पर थे मिस्टर सेबैस्टियन। उन्होंने देखा और पहचान दी। चिट पर अपनी फरमाइश लिखी और उन तक पहुँचा दी। धुन बजी और हाल तालियों से गड़गड़ा उठा, हम खुश हुए, मिस्टर सेबैस्टियन लँगड़ा कर चला करते। बड़े हाल के बीचोंबीच गुजर जाते तो लोग उनकी ओर दिलचस्पी से देखते। उनके व्यक्तित्व में उनके चमचमाते जूते एक अजीब असर पैदा करते। चाय के बाद उठे तो सेबैस्टियन साथ वाले टेबल पर बातचीत में थे। हमारी ओर मुड़े और दोस्ती के अन्दाज में पूछा—कोई खुशखबरी, आप खुश लग रहे हैं। हम अचकचा कर देखने लगे। हर शख्स के पास एक तालीम है जो किसी भी तालीम से अलग है। सिर हिलाया और हँसकर कहा—गलत तो नहीं कह रहे।

एक छोटी-सी वजह है खुश होने की।

दोस्तो, हमें अपनी कीमत पर ही यह जानना था कि छोटी और बड़ी खुशियों में फर्क नहीं होता, खास तौर पर जब आप छोटी खुशियों को ही बड़ा करके समझें।

सर्दियों में दिल्ली का बरसाती दिन। जी-जी कर मरने को मन होता और मर-मर कर जीने को। बरसात में डेविको अद्भुत अनोखा। बड़ी-बड़ी खिड़कियों के काँच बरखा में धुँधलाई बत्तियों को आपकी टेबल पर पेश कर दें। तीखी ठंडी हवाएँ गर्म कपड़े और लहराती धुनें। फ्लोर पर बाँहों से छूते बँधे जोड़े। दोस्तो, दिल्ली वह वक़्त पीछे छोड़ चुकी है पर वाल्ट्ज की धीमी

लहराती धुन पर नाचते हुए जोड़ों को हम आज भी उसी चाव से देखना चाहते हैं। इस रेस्तराँ के आस-पास कन्फैक्शनरी की चॉकलेटी गन्ध हमारे बचपन को सराबोर करती रही थी।

शिमला उन दिनों दिल्ली का एक्सटेंशन माना जाता था। ब्रिटिश सरकार ने जब राजधानी कलकत्ते से दिल्ली को बनाया तो दिल्ली की गर्मी से बचने के लिए राजधानी छह महीने शिमला और छह महीने दिल्ली रहती थी। हम बच्चों के लिए यह काफी दिलचस्प था। कालका तक बड़ी गाड़ी और फिर कालका से शिमला जानेवाली गाड़ी सौ से ज्यादा सुरंगों से निकलती थी। यह बच्चों के लिए रोमांचकारी था। शिमला उन दिनों बिलकुल साफ़-शफ़्फ़ाफ़ और अपनी लय में चलता था। शिमला की सबसे ऊँची चोटी जाखू की छाँह में बना गिरजाघर बहुत ही भव्य दिखता था। उन दिनों शिमला की पहाड़ियाँ इतनी कटी-छँटी नहीं थीं और वहाँ के दो प्रपात बहुत मशहूर थे—ग्लैन और चैडविक फॉल। एक बार जब हम पिकनिक पर गए, तब मैं बहुत छोटी थी। माँ मुझे बोतल से दूध पिला रही थी। उतने में ऊपर से एक बन्दर आया, और बोतल के साथ मुझे भी उठा ले गया। माँ ने बहुत धीरज से, बहुत प्यार से बुलाया, आ जाओ, बेटा। नीचे आ जाओ। सबको आश्चर्य हुआ कि वह सचमुच आ गया और बोतल समेत उसने मुझे फर्श पर छोड़ दिया।

उसके बाद घबराहट में माँ, पिताजी मुझे नीचे डॉक्टर के पास ले गए जिसने अच्छी तरह देखकर मुझे नहला दिया। मॉल रोड शिमला के लोअर बाजार से बिलकुल अलग था। कहने के लिए वह देशी बाजार था और मॉल रोड विदेशी—साफ, सुथरा और चमचमाता, जहाँ सुसज्जित सरकारी लोग घूमते थे। जैसे-जैसे हम बड़े होते गए नई-नई चीजों की पहचान करते गए। मॉल रोड पर एक बोर्ड लगा जिसके ऊपर हिन्दी लिपि में नागरी प्रचारिणी सभा लिखा था। मैं अब भी सोचती हूँ कि अगर वो बोर्ड हमने पढ़ा न होता और उसने मुझ तक कुछ पहुँचाया न होता तो मैं हिन्दी लेखन के लिए कभी कलम न उठा पाती। एक बात खासतौर पर याद आती है, उन दिनों शिमला और नई दिल्ली दोनों बहुत साफ होते थे।

यह भी याद करना दिलचस्प है कि उस वक्त मॉल रोड पर जो रास्ता लकड़ बाजार की ओर जाता था, वहाँ हमारे बँगले के ऊपर ही एक रीडिंग

रूम था। घर लौटते हुए वहाँ हम जब छोटे थे तो तस्वीरें देखा करते थे। बाद में किताबें पढ़ने लगे। मुझे वह साल भी याद है जब सेक्रेटेरियट लाइब्रेरी में पहली बार हिन्दी पत्रिका देखी गई।

एक साल हम बर्फों में शिमला थे। गिरती बर्फ में हम गम-बूट पहने सुबह शाम डेविको पहुँचते। डेविको से अखरोट वाली चॉकलेट चुगलाने का अपना ही मजा होता। काउंटर पर की मेम साहिब की मुस्कराहट पर हम फिदा थे। हमें याद दिलाना न भूलतीं कि एक ही बार में दो चॉकलेट क्यों नहीं खरीद लेते?

—पाकेटमनी और चॉकलेट दोनों को लम्बा चलाने के लिए यह जरूरी है मैम कि हम एक बार सुबह लें और एक बार शाम। दो बार बर्फ पर चलने का मजा उठाएँ और चार चॉकलेट की जगह दो ही खाएँ। एक साथ दो लेंगे तो एक ही बार में दो खलास हो जाएँगी।

मादाम ने हमें थपथपाया तो कीमती सेन्ट का झोंका बिलकुल हमारे पास चला आया।

साहबो, दिल्ली और शिमला में मेम और साहिब तो बहुत देखे मगर जिस जोड़े को हमने 'मीराबाई' के प्रीमियर पर दिल्ली के प्लाजा में देखा वह सब दूसरे जोड़ों से अनोखा था। खूबसूरत था और गरमाहट से भरा था। हिन्दुस्तान के पहले गवर्नर जनरल लार्ड माउंटबेटन और लेडी माउंटबेटन। भीड़ ने उनको अपनी कशिश में बाँध लिया था और उन्होंने भीड़ को। वे अन्दर दाखिल हुए तो देर तक तालियों से उनका इस्तिकबाल किया गया। अचानक बिजली गुल। कोई हल्ला-गुल्ला या हरकत नहीं। रोशनी हुई और भीड़ किनारे हो गई। सुब्बालक्ष्मी वाली 'मीराबाई' धीमी थी, उबाने वाली थी। सुब्बालक्ष्मी की आवाज में मीरा के भजन जरूर थे। हाल सलीके से जुड़ा रहा। अगली कतारों से कोई फिकरे न उछाले गये। यह अंग्रेज का रौब नहीं था। हिन्दुस्तानी अब माउंटबेटन को हिन्दुस्तान का वह गवर्नर जनरल समझते थे जिन्हें उन्होंने खुद कुर्सी पर बिठाया था। इसका हुक्म या फर्रा इंग्लिस्तान से न आया था। जनरल वेवल जिन्होंने हिन्दुस्तान की हुकूमत का चार्ज माउंटबेटन को सौंपा था, उनके बेटे कैप्टन वेवल एक एक्सीडेंट की वजह से

काफी देर हमारी बातचीत पर छाए रहे। हुआ यूँ कि हमारे चचेरे भाई सड़क पार करते कार से टकरा गये। कार रुकी। ड्राइवर हिन्दुस्तानी और पीछे सीट पर अंग्रेज साहिबान फौजी वर्दी में। वह तेजी से उतरे। बच्चे को उठाया और गाड़ी डॉक्टर की ओर दौड़ चली। कुछ देर बाद, दरवाजे पर खटका हुआ। कैप्टन की गोद में बच्चे को देखा। पाँव और सिर पर पट्टियाँ बँधी थीं। आप कैसे बच्चे को ले आए हैं? कहाँ से? कौन हैं आप?

—मुझे अफसोस है मेरी गाड़ी से एक्सीडेंट हुआ है।

—क्यों साहिब हिन्दुस्तानी बच्चे इतने ही फालतू लगते हैं आप को?

इस बीच हमारी दादी साहिबा अन्दर से निकल आयीं। बच्चे को गोद में लिया, देखा-भाला और संजीदगी से कहा—क्यों साहिब, टक्कर कैसे हुई? जब तक न बताइएगा मेरा बेटा खामोश न होगा।

अंग्रेजी में इसका अनुवाद हमारे चचाजान को ही करना था, सो किया। एक साथ दोनों ने हाथ बढ़ाया। गुस्सा-गरमी कम हुए।

दवा और नुस्खा हमारे चचा जान की ओर बढ़ा दिया गया—लीजिए।

जहमत उठाने का शुक्रिया। रुपए जितने खर्च किये हों सो लीजिए।

कैप्टन साहिब बड़ी हलीमी से—मेरा फ़र्ज था, यह खुदा का शुक्र है कि बच्चे को चोट ज्यादा नहीं आयी।

चचा साहिब ने लौटते हुए यह कह कर बात खत्म कर दी कि इस पर हम लोग बहस नहीं करेंगे।

घर के सामने गाड़ी खड़ी देख भीड़ जुड़ गई। किसी ने ड्राइवर साहिब की कैप हाथ से उछालकर सड़क के बीच फेंकी दी।

कैप्टन को रुकने का इशारा कर चाचा साहिब बाहर आए। कैप उठाकर हाथ से झाड़ दी और ड्राइवर साहिब की ओर बढ़ा दी—पहनिए।

भीड़ कुछ परेशान और नाउम्मीद हुई। कहा—उस टामी को बाहर निकालिए, हम निबट लेंगे। आप क्या कीजिएगा—आप तो सरकारी अफसर हुए।

खामोश! अपने-अपने काम में लगिए, कैप्टन मेरे दोस्त हैं और ड्राइवर सरकारी ड्यूटी पर है। जाइए...।

बच्चे के ठीक होने तक कैप्टन वेवल उसे देखने आते रहे। खिलौने, चॉकलेट, किताबें उपहारों में। अंग्रेजी की नर्सरी राइम की किताबों के साथ कुछ हिन्दी की भी। 'तितली' थी और एक 'चालाकी' थी।

लौटते हैं फिर और पीछे की दिल्ली में। जो गुजर चुकी है, हमसे पूछिए तो यही वह दिल्ली है जो अब दूर है।

मुद्दतें हुईं जब हम नयी दिल्ली से पुरानी दिल्ली जाने का इन्तजार किया करते थे। नयी दिल्ली वाले पुरानी दिल्ली को शहर कहते और पुरानी दिल्ली वाले नयी दिल्ली को रायसीना। रायसीना में दूर-दूर तक स्क्वायर बिछे थे। दिलचस्प थे वे नाम—डायज स्क्वायर, परशियन स्क्वायर, फौच स्क्वायर, वलाक स्क्वायर, औट्रम स्क्वायर, गोल डाकखाना था और गोल मार्किट थी। सड़कों के नाम—डूप्लेक्स रोड, रीडिंग रोड, इरविन रोड, चेम्सफोर्ड रोड, मिन्टो रोड। यूँ तो दिल्ली में 305 के आसपास गाँव थे मगर देखिए किस्मत खुली रायसीना की। वहीं से बिछनी शुरू हुई नयी राजधानी। एक बार चाँदनी चौक घंटाघर के नीचे कुछ औरतों की गोष्ठी-सी बनी बैठी थी। वहीं हमने रायसीना का गाना पहली बार सुना था—'मेरे मौला बुला ले रायसीने मुझे, मारे गर्मी के आ गए पसीने मुझे।' रायसीना की सड़कों पर टैंकर सुबह-शाम छिड़काव करते। गर्मी से रायसीना में खस की पट्टियों का ऐसा इन्तजाम होता कि ठंडक ही ठंडक।

जरूर इसी पर यह गाना जुड़ा होगा।

किस बात पर खुश होकर हमें चाँदनी चौक में तफरीह का तोहफा दिया जाएगा, इसका सही अन्दाजा लगाना हम बच्चों के लिए मुश्किल होता। इसे हम इतवार के नाश्ते तक न भाँप पाते। सूफियाने कपड़े पहनने का हुक्म होते ही जान लेते कि आज दोपहर शहर में गुजरेगी। ताँगों में शहर पहुँचते। हमें शहर पहुँचकर खाने को फल के अलावा और कुछ न मिलता। न चाट-पकोड़ी, न दही-भल्ले, न पानी के बताशे, न कुल्फी, न मलाई की बर्फ, न फलूदा, न बेड़मी, न रबड़ी। अन्नपूर्णा की बंगाली मिठाई की इजाजत होती या बँटे वाले लेमनेड की। लौटते में घंटाघर वाले के यहाँ से मिठाई की पिटारी ली जाती—कभी बढ़शाहबूला की नानखताई और कभी कँवर सेन का नमकीन। कुछ खिलौनों के लिए हमें स्टेशन के रिफ्रेशमेंट रूम में ले जाया जाता।

मोती, कुमार, मैजिस्टिक में हमने कभी कोई फिल्म न देखी। हमें लालकिले से फतेहपुरी तक पैदल ही घुमा दिया जाता। एक सिरे से दूसरे

सिरे तक। एक पूरी दुनिया अपने आप में। हमारे लिए यह किसी नाटक या फिल्म से कम न होता। दिल्ली में इस तर्ज का शायद ही कोई दूसरा बाजार हो जहाँ हिन्दुस्तान के हर हिस्से का आदमी आपको खरीदारी करता हुआ मिले। रंग-बिरंगी दुकानें, रंगा-रंग, एक से एक अनोखे अनजान चेहरे। खेल-खिलौने। टोपे-साफे। फैल्ट हैट, बर्तन भाँडे। पिरच प्याले। मर्तबान। बाल्टियाँ, लालटेन, कालीन, टाट पट्टी। पाँव-पोश। गद्दियाँ, तकिये, गाव तकिये, सूटकेस, बिस्तरबन्द। सन्दूक, सन्दूकचियाँ, मोजे, बनियानें। धोतियाँ, साड़ियाँ, कुरते-पजाते, रेशम के गोले, लच्छियाँ, रीलें, जड़ी-बूटियाँ, सुरमा, जूते-चप्पल। मशीन रेडियो, कम्बल, गद्दे, तकिये, शाल धुस्से, साबुन-इत्र। दुकानों में घुसकर कुछ देखना अपने आप में करिश्मा होता!

साहबो इस करिश्मे से भी बड़ा और बुलन्द एक वह जहान था जो दिल्ली की भोजला पहाड़ी पर बना था। जामा मस्जिद! इसकी छाँह तले वे छोटी मगर शोख दुकानें जिनके रंग वक़्त की सदियों में बुने जाते हैं—एक बार देख लें तो ज़िन्दगी भर न भूल सकें। इस पर फिर कभी। हाँ, ऐडवर्ड पार्क के किनारे से शुरू होता कबाड़ी बाजार...दुनिया का कौन-सा पुर्जा है जो यहाँ न मिलता हो। किताबें—जूते, कपड़े, लिहाफ, कालीन, दरियाँ, लैम्प और पूरा वक़्त मछली की गन्ध उकसाती रहती—कड़ाही, फ्राई और पास से भिश्ती कटोरा बजाता निकल जाता।

रह रहकर आवाजें गूँजतीं—

गुलाब जल गंडेरियाँ
बना दिया जलेबा बनाने वाले ने
मलाई की बर्फ
कुल्फे
फलूदे।

एक दुनिया जो गुलाबी फिरोजी हरे नीले में लहराती।

जामा मस्जिद के गरीब होटल का जिक्र न हो तो ठीक न होगा। हर रोज करीब सौ गरीबों को खाना खिलाया जाता। बर्फ का ठंडा पानी पिलाया जाता। सोचने की बात है साहिब, सोचने की। जाड़े में आठ आने किराए पर मिलते लिहाफों की बात तो आपने भी सुन ही रखी होगी।

एक छोटी सी दूकान हमें आज भी याद है। क्या नहीं वहाँ? जटाएँ,

दाढ़ियाँ, मूँछें, पोशाकें, मुकुट, ढाल-तलवार, तीर-कमान, लहँगे-ओढ़नियाँ, जेवर, हनुमानजी की गदा, गुलदान नये पुराने, विक्टोरियन गाउन से लेकर महाभारत, रामायण और पारसी थियेटर का पूरा ताम-झाम। हर प्रापर्टी मंच के लिए यहाँ से मुहैय्या की जा सकती है। इसी दूकान पर हमने किसी रामलीला-अभिनेता को यह पंक्तियाँ दोहराते सुना था।

इधर भगतों पे संकट है
उधर भगवान रोते हैं
अचम्भा शेष शैय्या पर
अभी भगवान सोते हैं।

ऐसे ही किसी एक दिन की बात है। हम बच्चे अन्नपूर्णा से निकले ही थे कि दंगे की उड़ गई। बिजली की-सी तेजी से हमें शीशगंज साहिब में ले जाया गया। गुरुद्वारे के साथ लगे थाने से पुछवाया तो मालूम हुआ कि खतरा कुछ नहीं, फतेहपुरी में दो बैल भिड़ गये थे।

जरा-सी देर को कटरों में भी नजर मारिए। नील के कटरे के खत्री और मिठाई ऐसी जो आज तक किसी ने भी न खायी हो। और सुनिए चाँदनी चौक के बीचो-बीच खड़ा घंटाघर एक दिन बस यूँ चुटकी मारते में गिर गया। टाउन हाल के सामने मोटे मुँह वाली मिजाज की भली मलिका विक्टोरिया खामोशी से देखती रहीं। क्या करतीं, अनहोनी थी, हो गई। साहबो जब हम पहुँचे हैं देखने तो आँखों को यकीन न हो। हुआ तो कैसे हुआ। पर हो चुका था। ऐसा लगा कि चाँदनी चौक का जेवर उतर गया है। अय-हय दिल्ली वालों को क्या जोख पहुँचा है। घंटाघर जो टूटा सो आज तक न बना। बढ़ा घड़ियाल घंटा भी चूर-चूर। पुरानी दिल्ली के कुछ लोग फुसफुसा कर यही कहें कि बड़ी बदशगुनी हुई। कोई आफत आएगी। इसी घंटाघर के गोल पर बजाजी की मशहूर दुकान सोहनलाल की थी। क्या तो वहाँ पर भीड़ और क्या वहाँ कपड़े। रायसीना वालों की कुछ अपनी ही पसन्द थी। सादा टिकाऊ और देखने में नयी दिल्ली की तर्ज वाला, ढेर लगा दीजिए, अगला सरकारी मुलाजिम उठाएगा वही जो उसे उठाना है।

इस दुकान की एक खूबी थी। गद्दियों पर बैठे भारी-भरकम गोरे लाला। चेहरों पर महाभारती मूँछें। थान खोल-खोलकर फैलाते तो लगता अर्जुन, भीम, युधिष्ठर, नकुल, सहदेव सब बजाजी के धन्धे में लगे हैं। हमने

कई बार ढूँढ़ने की कोशिश की कि उनमें से एक तो दिख जाए पर कहाँ— सब गुम हो चुके हैं। वक़्त के पिछवाड़े।

इन्हीं दुकानों के बाहर पुराने छाँहदार पेड़ के साथ लगे खोमचे, कुल्फी, फलूदा, आलू की टिकिया, फल की चाट, शकरकन्दी, गजक, रेवड़ियाँ, आलू-कचालू, बेसन के लड्डू और न जाने क्या-क्या, यहीं से अन्दर हो लीजिए नयी सड़क पर। साड़ियों की दुकानों को तो भूल जाइए। जरा पुरानी किताबों की दुकान तक नजर मारें।

कुछ भी माँगिए—नक्शे-एटलस-डिक्शनरी, कोर्स की किताबें, पुराने से पुराना एडिशन विलायत से छपा, वहीं से चला-दुअन्नी से दो रुपए तक। पुराना रेट है। ऐसी ही एक दुकान पर एक खजाना हमारे हाथ में आकर खिसक जाने को था। पूछिए भला कैसे।

साहिब, एक किताब पर जो नजर पड़ी, वहीं ठिठक गई। हमने झाड़-पोंछ कर हाथ में पकड़ी ही थी कि दुकानदार साहब चिड़चिड़ाकर बोले—न न नहीं, यह तुम्हारे काम की नहीं। हम भी अड़ गए। भला यह भी कोई बात हुई। देखिए जनाब, हम यही लेंगे और यही लेकर जाएँगे।

खीज के बोले—सुना नहीं—ऐसी किताबें बच्चों के पढ़ने की नहीं होती।

बता भी डालिए साहिब यह किताब हमें अपनी अम्मा के लिए चाहिए।

वाहियात किताब है—रमणी रहस्य—अम्मा तुम्हारी कुछ पढ़ना-लिखना भी जानती हैं? झूठ की हठ है।

हम न हँसे। तेवर चढ़ाए रहे। झगड़ा बढ़ाने के खयाल से कहा—जो वो पढ़ती हैं उनमें से कुछ किताबों के नाम तो आपको बता ही सकते हैं—लाला ने कड़ी आँखों से हमारा जैसे मुँह नोंच दिया। अठन्नी की होगी, लेनी है! हमने तपाक से अठन्नी दी और किताब उठा ली। साहबो सो 'रमणी-रहस्य' हमने खरीदा फकत अठन्नी में। घर आकर उलट-पुलटकर देखा। उपन्यास में तसवीरें भी थीं। एक तसवीर के नीचे लिखा था, ''राँड चंडालनी को अपने मन में ब्याह करने की सूझी है। दुष्टा माँ मर गई सो जहन्नुम में गई। पर डाकिन मेरी छाती पर विष बेलि लगाती गई।''

बड़ी जोर का संवाद था। किताब का पहला पन्ना भी दिलचस्प था। मुलाहजा हो—

"महिला संसार का सर्वोत्तम श्रृंगार"
(सचित्र शिक्षाप्रद सामाजिक उपन्यास)
लेखक
गौरीशंकर शुक्ल पथिक
प्रकाशक
एस.आर. बेरी एंड कम्पनी
(201, हरिसन रोड, कलकत्ता)

प्रथम संस्करण सन् 1925 मूल्य 3 ॥
1000 रेशमी जिल्द 4 ॥

मुद्रक : ठाकुर रामविलास

सो कहानी दिल्ली की हो या कलकत्ता की। उन दिनों की किताबों से हमारी किताबों तक का सफर बुरा नहीं रहा। हम 'रमणी रहस्य' के लेखक का समर्पण जाने क्यों छोड़े जा रहे थे। वह भी पेश है :

"ओसवाल समाज के सरदार।
हिन्दी भाषा के अनन्य प्रेमी समाज सुधारक ग्वालियर निवासी
श्रीमान बाग मल जी रींयावाला के कर कमलों में सादर समर्पित।"

दोस्तो हिन्दी और हिन्दी के प्रकाशन जहाँ पहुँचे हैं वहाँ हम मुबारकबाद ले भी सकते हैं और दे भी सकते हैं। हाँ ग्वालियर से याद आया, दिल्ली में कभी ग्वालियर ट्रांसपोर्ट कारपोरेशन की बसें चला करती थीं। एक बस को जरूर याद करना चाहेंगे—'पुल-मैन'। इतनी साफ़ और सुथरी कि सिन्धिया हाउस के स्टैंड पर आकर खड़ी होती—ऐन ऑक्सफोर्ड के सामने तो पूरा ब्लाक सज जाता।

आजादी के कुछ ही बरसों बाद दिल्ली की बस-सर्विस ने एक ऐसा फैसला लिया कि मुसाफिरों के दिल बाग-बाग हो गये। गर्मी के मौसम में ड्राइवर साहिब की बगल में एक किसी कोला की क्रेट (पैप्सी या कोकाकोला ठीक से याद नहीं) और एक सफ़ेद वर्दी में वेटर साहिब। क्या बात थी! कसम खुदा की, इस डर से कि यह तरावटी सर्विस कहीं बन्द न हो जाए; हमने महीनों, हर दिन, हर सफर में कोला का ऑर्डर किया अपनी जेब पर

खेल कर भी। साहबो आपके पास चाहे कारें हों या आप बस में सफर करने में अपनी तौहीन मानते हों तब भी हम जैसों के लिए एक खत डी.टी.सी. को भेजिए जरूर कि ऐसी सर्विस दुबारा फिर चालू करे। खास तौर पर जब गर्मी में पानी की खासी कमी है।

साहबो, हमें बल्लीमाराँ के हकीम अजमल खाँ साहिब का चेहरा याद हो आया है। उनके नाम के बिना तो दिल्ली का जिक्र ही अधूरा है। हुआ यह कि हमारी अम्मा उनके इलाज में थीं सो एक दिन उनके साथ पहुँच गये हकीम साहिब के यहाँ। खासी भीड़ थी। आवाज पड़ी तो अन्दर पहुँचे। सफ़ेद झक्क फर्श और गावतकिये, हकीम साहिब के अपने चेहरे जैसा उनका चेहरा। अब तक वैसा कोई दूसरा चेहरा हमने नहीं देखा। चौड़ी पेशानी और सिर पर मलमल का साफ़ा। कभी जीते-जागते इनसान लगें, कभी हकीम लगें। कभी बुत लगें। अम्मा के बाद हमारी नब्ज देखी। आँखें देखीं। जबान, नाखून और मिश्री की डली-सी सख्त मगर मीठी आवाज में पूछा—बेटी क्या बार-बार खाने को जी चाहता है? भूख ज्यादा लगती है? क्या चीज खाने को जी चाहता है?

—जी अनार।

—बेदाना कि कन्धारी?

—कन्धारी।

हकीम साहिब कुछ सोचने लगे। फिर हलके से मुस्कराए—कड़वी दवाई खाइएगा?

हम तैयार पर तैयार—जी खा लेंगे। ऊपर से बनफशे का शर्बत या गुलकन्द हो तो कड़वे से क्या गिला? खा सकते हैं।

हकीम साहिब ने इशारे से अपने पास बुलाया, सिर पर हाथ रखा और हँस कर कहा—फिर आइएगा अम्मा के साथ। मीठे से दिल हट गया तो अगली बार हम आपको चिरायता देंगे।

साहबो बात कुछ है जरूर—शायद हकीम साहिब का ही असर हो, यूँ हमें जी भर कर मीठा पसन्द है मगर मीठे से भी कहीं ज्यादा हमें कड़वा पसन्द है, मीठे की तरह पचा जाते हैं क्योंकि स्वाद से खाते हैं।

हाँ, हम चाट का मसाला बुरक-बुरक कर कन्धारी अनार खाते रहे।

चेहरा यूँ भी लाल ही था, और हो गया। फल के सामने तो हम मिठाई को नम्बर दो समझते रहे हैं। फलों के मुरीद हैं हम सो मोती बाजार और पुल बंगश के फलवालों को क्यों भूलेंगे? वैसे देखें तो फल कहाँ नहीं मिले? लेकिन फलों की जो सजावट-सफ़ाई मोती बाजारों में वह आपको कहीं और न मिलेगी। हर दाने को मलमल के कपड़े से पोंछकर डलिया में ऐसे सजाए ज्यों नाथद्वारा में जन्माष्टमी की थाली सजती हो। हमने ऐसे ढेर भी देखे हैं आड़ू के ज्यों लावारिस-सी मूँगफली पड़ी हो। बग्गूगोशा ऐसे जैसे आलू का ढेर हो। कुदरत ने जो फल को एक से एक रंग, रूप और संगत दिए हैं, उसकी इज्जत सिर माथे। हाँ, पुरानी दिल्ली वालों को फल से कम और चाट पकोड़ी-बेड़मी से ज्यादा उंस है।

सुबह-सुबह दरीबा पहुँच के देखिए। क्या तो बेचनेवाले और क्या खरीदने वाले। वहाँ के मुहावरे की छटा ही कुछ और है।

सुबह ताजी सब्जी और शाम मोती जवाहरात। छोटा-सा वास्ता दही-दुकान से हमारा पड़ा, वह थी रणजीत सिंह! जिनकी बात कर रहे हैं वह रेशमी कुरता-कलफ लगा, आस्तीनों पर चुन्नी में एक पतली लकीर सुरमे की। ऐसी नजाकत कि आदमी को पीछे देखें और बटुए और बैग पहले सूँघ लें। एक शाम हम भी पहुँच गये। छोटे-मोटे काम से। धड़धड़ाती आयी एक और चाँदी की पूरी सर्विस टटोल मारी। वह बारह चाँदी की प्लेटें-कटोरियाँ, गिलास और न जाने क्या-क्या। न किसी का भार न किसी का तौल। बिल दिया और सामने पहुँचाने को कह, ग्राहक यह जा और यह आ।

सेंट स्टीफन पढ़े रणजीत सिंह महबूब खानदानी जौहरी हमें सुनाकर बोले—आफिसर की बीवी हैं। उधर से आया इधर, थैला पकड़े आती हैं और दस-पाँच का लेकर अपने लौट जाती हैं।

साहबो राज की बात बता दें आपको। दिल्लीवालों के दिल अभी भी बादशाहों, शाहजादों और शाहजादियों में फँसे पड़े हैं। रोमानी किस्से इनकी जबान में फड़कते रहते। जबान नमकीन और मसालेदार ऐसी कि दाख के तीखेपन को फीका करके रख दें।

—दिल्ली का हाल बुरा कर दिया इन पंजाबियों ने। अजी कोई कायदा हो सलीका हो। मार पैसा कमा के आधी दिल्ली खरीद डाली। लूट रहे हैं दिन-

रात। अजी जो पगड़ियाँ छोड़ आए थे पाकिस्तान, वे तो सब एक-एक करके वसूल कर चुके।

—नहीं साहिब यह आपकी ज्यादती है। बेगम साहिबा की कोठी के सामने वाली बिजली मार्किट को देखिये, जोग ध्यान तो दिल्ली के ही थे। चप्पा-चप्पा पर लगा दिया।

—जी नहीं, हम तो तंग आ चुके इनकी फैशनपरस्ती से। रहन-सहन ऐसा कि घरों को ही स्टेशन का प्लेटफ़ार्म बना दिया। वहीं मियाँ, वहीं बीवी, वहीं बच्चे।

—गजब कर रहे हैं साहिब यह तो हर घर-गृहस्थी का चलन है।

अब इस मुखड़े की पीठ देखें—

सरदार साहिब हँस-हँस के बोले—सोचने की बात है, जिसका दिमाग इतना रोशन हो, वह आगे बढ़कर मौके को न पकड़ सके! जितनी समझ के मालिक हैं उस हिसाब से तो पुरानी दिल्ली में भी फाइव स्टार होटल बन जाते तो हर्जवाली बात कुछ न थी। पर इनके वही पुराने सिनेमा थियेटर। 'रैनोवेशन' का नाम न लें। इनके लिए कोई भी कदम उठाना मुश्किल ही है। न सरकार के आगे गिड़गिड़ाते हैं और न अपने आप ही कदम उठाते हैं। मजबूर हैं, चाहने पर भी कोई अदल-बदल नहीं कर सकते।

—आपने सुन रखी है न! वहीं—

बन्ने भाई ने छोटे भाई दम्मो को टोका—क्यों क्या परेशानी है? बऊआ कह रही थी बहुत ज्यादा पीने लगे हो।

दम्मो भाई बड़ी शायस्तगी से बोले—दादा ज्यादा क्या है। बस दो ही दिन बँधे हैं अपने।

बन्ने भाई के तेवर चढ़ गये—क्या मतलब?—एक दिन तब जब आसमान साफ़ हो और एक दिन तब जब पानी बरसता हो। बड़े भाई को छोटे पर बड़ा लाड़ आया। रौबीले अन्दाज में जैसे सजा देनी हो, चुटकी बजा कर तुर्शी से कहा—बस जाओ और करीम से शामी पकड़ लाओ। जल्दी, पहुँचते बनो, नहीं तो खाली हाथ लौटना पड़ेगा। हाँ, सुनो, है न एक आध तुम्हारे पास...अद्धा तो रखा होगा।

दम्मो दिल ही दिल हँसे मालूम होता है आज सरताज चचा के पास भी कुछ नहीं।

साहब, आप तो जानते ही हैं कि हमने दिल्ली की एक-एक गली और एक-एक गाँव देख रखा है। नरेला की अनाज मंडी से लेकर इधर भोरगढ़ और उधर देवली मंडी और इधर गंगा झूसी।

ताँगों में बैठे, इक्कों में, टैक्सी, बसें, फटफटिया लेकिन साहिब जो एक बार लायब्रेरी स्पेशल चली थी, उस जैसी बस हमने फिर बाहर के मुल्कों में ही देखी। नीचा फुटबोर्ड—बढ़िया सीटें—रिसर्चर्स के लिए किताबें रखने की जगह साफ़-सुथरी, परदे। और रूट ऐसा कि किसी भी लायब्रेरी के सामने उतर जाइए। मौरिस नगर से चलकर तीन मूर्ति हाउस। साहिब जितने महीने चलती रही हमने कोई नागा नहीं किया। एक दिन खबर मिली कि सर्विस जारी है मगर खास वह वाली बस दिल्ली टूरिज्म को सौंप दी गई है। हमने सोचा, इससे से तो कोई पुरानी ट्राम दिल्ली की हमारे लिए चल निकलती तो वह भी ठीक ही था। हमने दिल ही दिल बहुत दुख मनाया। दिल्ली में क्या स्कालरों की कोई औकात नहीं! बढ़िया बस उनसे छीन ली।

दिल्ली की ट्राम की सवारी का लुत्फ भी उठा चुके हैं। 'जेबकतरों से होशियार' हर खिड़की के ऊपर लिखा रहता था। हम परेड के मैदान से फतेहपुरी की ओर जा रहे थे। सामनेवाली सीट पर बन्द गले का कोट और तंग मोहरी का पजामा पहने एक मुंशी जी बैठे थे। गोद में बच्चा था और हाथ में एक कुल्हड़-सा लिये हुए थे। बीच-बीच में कुल्हड़ से चुस्की ले ही रहे थे कि जाने क्यों कंडक्टर साहिब ताव खा गये—उतरिए-उतर जाइए—यह धन्धा ट्राम में न चलेगा।

कुल्हड़ वाले साहिब आराम से बैठे रहे। कुछ न बोले।

—आपसे कह रहा हूँ, बहरे हैं क्या? सुना नहीं? बन्द गले ने कुल्हड़ इस बार बच्चे के मुँह से लगा दिया—पियो बेटा, पियो, दवा है।

लोग हँसने लगे।

एक मनचले बोले—यार शक्ल सूरत से नहीं पहचानते। रोशनपुरा से हैं तभी तो बच्चे को शहद चटा रहे हैं। कुल्हड़ से। क्या समझे। बैठे हुओं की तबियत खूब फड़की। कंडक्टर साहिब पहले चुपका हुए रहे। फिर जाने क्या हुआ। हँस-हँस कर कहा—मुंशी जी किसी दिन यह दवा हमें भी दिलवाइए।

साहबो यही दिल्ली है। कुल्हड़ कहिए या गिलास, उनके अन्दर वाली की तरह दिल्ली आपके हलक से उतर गई और देवी की प्रसादी आप पर चढ़ गई तो फिर आपकी बरबादी। नामाकूल चढ़ती जरूर है। इतना ही करतब है इस छत्रवाली महारानी का। अब इसे राजधानी कहिए, दारुलखलाफा कहिए—आपकी मरजी।

तुरही निगाड़ा होई शा

तुरही निगाड़ा होई शा
ओ मेरे भाई होई शा
हुई कमाई होई शा
खून बहाया होई शा
चढ़ गए फाँसी होई शा
हुए शहीद होई शा
तुरही निगाड़ा होई शा
अब राज मिलेगा होई शा
ताज मिलेगा होई शा
सरकार मिलेगी होई शा
तुरही निगाड़ा होई शा

उदास-सी दुपहरिया को गुँजाते यह हुब्बलवतनी के बोल मँझली के तन-बदन को लहरा गए। सड़क पर शायद गोलाकार बिजली का ट्रांसफार्मर धकेला जा रहा है। लाहौर हॉस्टल में आई मँझली ने अखबारों में से लीडरों की तस्वीरें काटते-काटते कैंची कुशन पर रखी और परदा उठाकर बाहर झाँका। दूर होती 'होई शा' की घनीली आवाज के साथ सहसा घोड़े की टाप मिलकर कुरेशी अंकल के घर के सामने आकर रुक गई। परदा उठा, लॉन के पार देखा।

यह भी चले जा रहे हैं। सामान ताँगे में रखा जा रहा है। पी.डब्ल्यू.डी. के चौकीदार साहिब ताला डालने को मुस्तैदी से खड़े हैं। तो आज जा रही है—लाहौर जानेवाली पाकिस्तान स्पेशल। कुरेशी आंटी ने ताँगे के पायदान

पर पाँव रखा—एक बार पलटकर घर की ओर देखा और आँखें पोंछी। उसने आंटी का हाथ छुआ और रोने लगी।

वैसे ही जैसे वह होस्टल के फाटक तक पहुँचकर रोई थी। पलटकर डबडबाई आँखों से एक बार फिर अपने कमरे की ओर देखा था और दौड़कर कमरे के दरवाजे पर जा खड़ी हुई थी। मन ही मन दोहराया था बहती हवाओं, याद रखना हम यहाँ पर रह चुके हैं। लौटकर फाटक पर पहुँची तो लगा वह कमरा हमेशा के लिए दूर जा चुका था।

कुरेशी अंकल ने पुचकार कर उसके सिर पर हाथ रखा और कहा, जाओ बिटिया जाओ—बाहर खड़े रहने का वक़्त नहीं।

अंकल गुडबाई—

—गुडबाई, जीती रहो।

वह मोड़ से ओझल होते ताँगे को देखती रही। फिर घर की ओर बढ़ी। आखिरी स्पेशल आज ही जा रही है, तो राहत हैदर भी स्टेशन के लिए निकल जाएँगे। वह घर की ओर जाते-जाते कर्जन रोड की ओर लपकी। बारहखम्भा लेन यह रही—उनके जाने से पहले पहुँच लूँगी। वह तेज-तेज डग भर कीलिंग रोड की पटरी पर चलने लगी। घने पेड़ों पर पाखियों का शोर दिल को उदास कर रहा था। चौराहे से बाराखम्भा लेन की ओर मुड़ गई।

कान खड़े हुए। क्या ताँगों की छनछनाहट! नहीं। बँगलों की कतार खामोश है। आखिरी बँगले के बरामदे में पाँव रखा—वही पी.डब्ल्यू.डी. का ताला लटका पड़ा है। वह खड़े-खड़े कुछ देर चुपचाप देखती रही—लम्बा विराम। फिर सड़क पर हो गई। कहीं पिछवाड़े से मुत्रैनी-सा चेहरा सामने आ खड़ा हुआ—मिस साहिब वह लोग रात को पुराने किले कैम्प में चले गए। आज उनकी स्पेशल ट्रेन निकलनेवाली है। आपके लिए राहत आपा ने लैटर बॉक्स में रुक्का छोड़ा था। मैंने उठाकर सँभालकर रख लिया।

यह लीजिए—

उसने रेतीली खुश्क आँखों से पढ़ा—''हम लोग चल दिए। पुराने किले आने की कोशिश बिलकुल न करना। गुडबाई। राहत हैदर ताहिर।''

उसने देनेवाले का शुक्रिया किया और मन ही मन अलविदा कहा और आँखों से बाराखम्भा लेन की नजदीकी को जैसे हमेशा के लिए पोंछ लिया।

सड़कें पहले की तरह उजाड़ थीं। पाँव में अपने होने की हिम्मत भरी और कीलिंग रोड को छोड़ हेली रोड की ओर बढ़ गई। क्या कान बज रहे थे, कि कहीं पास से आवाजें उठ रही थीं। हर-हर महादेव!—लाहौर वाली आवाजों की खूनी लड़ाई यहाँ भी। जल्दी-जल्दी तेजी से घर की ओर बढ़ी कि हेली रोड के पिछवाड़े सहमी-सी पड़ी बाऊली से सयानी आवाज ने चेतावनी दी—यह वक़्त हवा खाने का नहीं। कोई मार फेंक देगा। समझी मुनिया। पीर का दिन दिल्ली के लिए बहुत खतरनाक है। पीर के दिन शहर दिल्ली मुगलों के हाथों से गया, पीर के दिन ही अंग्रेज ने इस पर कब्जा किया, आज के हालात तो देख रही हो न? जाओ—यह हवा खाने की दुपहर नहीं।

कर्जन रोड पर दो-एक कारें खामोशी को समेटते हुए यह जा और वह जा। सोचा, घर का दरवाजा तो खुला न होगा। चुपचाप नौब घुमाने से भी चलेगा नहीं। काँच पर हौले से आवाज करने से शायद भाई दरवाजा खोल दें। ऐसा न हुआ तो सम्बन्धियों की भीड़ उसके पीछे पड़ जाएगी। कोई न कोई जरूर उस पर बोलेगा—अरी! इस गदरी वक़्त में कहाँ घूम रही थी? दफा करो अपने इन हमसायों को।

उसने चुपीती आँखों से कुरेशी अंकल के दरवाजे की ओर देखा। हमारे लिए वह हमेशा को बन्द हो चुके। देश का बँटवारा और आजादी एक साथ। अपने बरामदे में पाँव रखते ही रफ्तार में कुछ ऐसी खींच पड़ी ज्यों किसी हमले का सामना करना हो।

दरवाजा खटखटाना नहीं पड़ा—भिड़ा था और बाहर किसी की थकी-हारी बदरंग पेशोरी जूतियाँ पड़ी थीं। तो एक और कोई अपना सम्बन्धी, अपने ही वतन से भागा हुआ जख्मी घायल! जाने कैसा हिसाब बना—कोई यहाँ से गया और कोई वहाँ से आया—राहों में मार-काट, दीवानगी—यहाँ से रवानगी तो वह गए, वहाँ से पीठ तो कुछ यहाँ पहुँचे, कुछ रास्ते में ही...

मरजाई चक वाले मामा ने खट्टी आवाज के बोल उस पर बुहार दिए।

—काकी अब किसे रुखसत कर आई—अरी हम अन्दर ही अन्दर घुख मर रहे हैं और तुम अब भी सरकारी मुँह-मुलाहजों पर हो। राख डालो गोरी सरकार और अपने डराकल लीडरों पर जिन्होंने मुसलमानों को पहले सिखाया-पढ़ाया था फिर अपने वतन की चीर-फाड़ कर दी।

वह जवाब में कुछ कहे न कहे कि मामा आँखें मूँद फिर अपने अन्दर

हो गए। हारे हुए यह सब और उनके बुचके, पोटलियाँ, बदरंग पुरानी सन्दूकचियाँ, गठरियाँ, मैले-अधमैले दुपट्टे, चेहरे—पिटी हुई नफरत से तपते हुए—कोई ठंडी हुई खूँखार नफरत से निढाल, कोई जवान बेटे के बिछुड़े चेहरे के साथ सटा—कोई बेटी के राँगले चूड़ों पर सलाखों को गोंदते हुए—हाय ओ रब्बा—उसकी बाँहें—कोई पीछे छूट गए बूढ़े माँ-बाप को याद करता—घरों को पागलखाना बना दिया—सयासत ने। सारा शहर भरा है अपने-अपने घरों से फेंके गए वजूदों से। इनसानी चिथड़ों से। स्टेशन, प्लेटफॉर्म, पटरियाँ, गलियाँ, चौक-बाजार और खँडहरों के आसपास फैली तितर-बितर खूँरेजियाँ। नेताजी सुभाष के मुँह से निकली यह ऐलानी चुनौती जैसे पंजाब, बंगाल और सिन्ध के लिए पेशीनगोई बन गई। दिल्ली चलो, मरो, कटो मगर दिल्ली चलो।

दिल्ली—भारत की राजधानी दिल्ली, नई दिल्ली, शाहजानाबाद, पुरानी दिल्ली, चिराग दिल्ली—एक नहीं अनेक दिल्लियाँ। आजाद पाकिस्तान की पहली दिवाली होगी। झंडा फहराया जाएगा। अल्लाह ओ अकबर की ऊँची तरंगें उठेंगी। आवाजें—पाकिस्तान ज़िन्दाबाद, मुहम्मद अली जिन्ना पाइंदाबाद! वह लड़े, उन्होंने पाया, हम डरे, हमने गँवाया। बापू गांधी तुमने हमारे घर-बाहर, धरती-पानी सब पराए कर दिए। यह कैसी सयासत।

सिकन्दर लाल की मैली पगड़ी ऊँघते हुए सिर पर से सरकने लगी। कड़वे गले से बोले—ब्रादर यह तवारीख का काला सपारा सयासत पर यूँ गालिब हुआ कि जिन्ना ने दौड़ाए इस्लामी घोड़े और गांधी, जवाहर ने पोरसवाले हाथी। दिमागी घोड़े दौड़ा उन्होंने मुल्क बना लिया और यह हाथियों का झुंड लिये अपने बन्दे पेड़ों की टहनियाँ तोड़-तोड़ नीचे फेंकते रहे। वही पुरानी तवारीख।

उर्दू अखबारों का कीड़ा बलदेवराज नन्दा बुजुर्गों को समझाने के अन्दाज में बोला—अब ऐसी जिरह से क्या फायदा! जो होना था सो हो चुका। सवाल तो यह है कि कल आजादी के बाद सरकार हमें क्या देती है?

दिल्लीवाले स्कूली बच्चे घर की दीवारों पर नेताओं की तस्वीरें लगा रहे हैं। उधर से आए पाहुनों के दिलों में उदासी कसमसा रही है। बाहर नई दिल्ली की रोशनी, अन्दर अपने घर-बाहर छोड़ने का अँधेरा। बाहर रंग-बिरंगी

बत्तियों की झालरें—आजादी के चाव में एक-दूसरे पर कूदती-फाँदती और आजादी के जोश में जुटे बच्चे। शाम गहराई तो बच्चों को नई दिल्ली की रोशनी दिखाने को ताँगे टेलीग्राफ़ लेन आ लगे। घोड़ों की कलगी पर इतराते छोटे-छोटे तिरंगे। क्या रंगों की फबन और क्या आजादी की रात।

ताँगों में बैठ गए बच्चे अपनी माँओं के साथ। ताँगे कर्जन रोड पर दौड़ने लगे। कोठियों पर जगमग-जगमग सिन्धिया हाउस झम्म-झम्म। घोड़ों की टाप—झिलमिलाते घूँघरों से जैसे सड़कें खुशी में दोहरा रही हों—आजादी-आजादी। मेरे बच्चो, मुबारकें, तुम्हारे लिए सयानों ने लड़कर इसे जीता है। जय हिन्द।

कर्जन रोड के ठीक सामने पड़ती 'हिन्दुस्तान टाइम्स' की मशहूर बिल्डिंग। इस अखबार के साथ जुड़ा है हमारी आज़ादी का इतिहास। रोशनी के गुच्छों में झम्म-झम्मा रहा है हिन्दुस्तान ज़िन्दाबाद।

नई दिल्ली स्टेशन की ओर जाती राजसी एंट्री रोड उजागर ही उजागर। स्टेट एंट्री रोड की रहस्यमय फाटकें हम देसी लोगों के लिए खुल गईं। गोलाकार कनॉट प्लेस के बरामदों की बत्तियाँ नाचतीं, फलाँगतीं जैसे किसी अनोखे नर्तन में हों। दुकानों के सामनेवाले खम्भों पर क्रेप पेपर के रंग-बिरंगे झूले ऐसे लहरा रहे ज्यों यहाँ-वहाँ पड़े झूले हों।

सबसे बढ़िया आर्मी एंड नेवी स्टोर रीगल, रोबीले घोड़ों की घुँघराली टाप में आवाजें हवा में लहराती हैं—वह देखो, वह देखो। मद्रास होटल, मरीना होटल—उसके सामने रहा खादी भंडार जहाँ से तिरंगों पर तिरंगे खरीदे जा रहे हैं। फिर लेडी हार्डिंग रोड—हर बंगले पर तिरंगे, बत्तियों के बड़े-बड़े लट्टू। दीवारों पर दीयों की दीपावली। गोल मार्किट पर झूल रहे हैं तिरंगे।

झंडा ऊँचा रहे हमारा।
इस झंडे की शान न जाए
प्राण भले जाएँ तो जाएँ।

डायज स्क्वैयर, फौच स्क्वैयर, हैवलाक स्क्वैयर के गुम्बदों पर रोशनी के बड़े-बड़े हंडे। घरों के बरामदों में दीयों की कतारें। आजादी है आजादी है।

गोल डाकखाना—गुरुद्वारा रकाबगंज, चर्च सभी चमचम-झमझम। फिर दीखीं गुम्बदों के कोहनूर गुम्बद, वाइसरीगल लॉज की गुँथीली बत्तियाँ।

अब यहाँ अपना झंडा फहराएगा। यूनियन जैक कहाँ जाएगा। उसे पूरी इज्जत से उतार कर अंग्रेज अपने घर ले जाएँगे।

एक ताँगे से बच्चे बोले—

गोरों अपने घरों को लौटो
अब यह देश हमारा है।
अब तो राज हमारा है।

अगले ताँगे से आवाज उठी—

हिन्दुस्तान ज़िन्दाबाद।

छोटे बच्चे चिल्लाए—

जयहिन्द।

यह रहा नॉर्थ ब्लॉक, साउथ ब्लॉक, ताँगे उतराई से उतरने लगे।

वह मेरे दादू का ऑफिस—

वह मेरे पापा का—

उधर मेरे पिताजी का—

ढलान से उतरते ही झरने बने फव्वारे रोशनियों को उँड़ेलते—कभी इधर, कभी उधर।

बड़े बच्चों ने आवाज उठाई—

अप अप है गांधी सच्चा
डाउन डाउन है टोडी बच्चा—

छुटकी बेबी बोल उठी—

टोडी बच्चा हाय हाय—

माँ ने घुड़की दी। अब उनके मुल्क को लौट जाने के फैसले हो चुके—अब किसी को हाय, हाय नहीं करनी। हमारे देश के लिए यह शुभ दिन है।

ताँगे दाईं ओर मुड़े—

नौवीं जमात में पढ़ते जगदीश और सुधीर बोले—वह देखो पार्लियामेंट। गोलाकार बरामदों के फर्श में से लाइट की गई है। दीखती नहीं और चारों ओर फैल रही है। अनोखी है। खूबसूरत है।

अब यह पार्लियामेंट भवन भी हमारा है। अपने देश की हुकूमत यहीं से चलेगी।

पिछले ताँगे से आवाज उठी—

भगत सिंह ज़िन्दाबाद।

शहीदे-आजम अशफाकउल्ला ज़िन्दाबाद

राजगुरु ज़िन्दाबाद।

इन्कलाब ज़िन्दाबाद।

यूनियन जैक नहीं—अब हमारा तिरंगा लहराएगा।

ताँगें ढलान से नीचे उतरने लगे।

दोनों ओर बिजली के खम्भों की रोशनी में चमकते-दमकते क्रॉस में सजे तिरंगे। लम्बे-चौड़े हरियाले लॉन के साथ-साथ बहती नहरों का चमकीला पानी। लहरों के साथ-साथ डोल रहे हैं उजाले। और वह रहा इंडिया गेट।

एक ताँगे से लय उठी—दिल्ली गेट, लाहौरी गेट, कशमीरी गेट, मोरी गेट, अजमेरी गेट और गेटों में गेट हमारे फौजियों का इंडिया गेट! हमारी सेनाएँ ज़िन्दाबाद।

दूर सामने अधछिपा पुराना किला जहाँ अब भी पाकिस्तान जानेवालों की भीड़ जमा है।

दूसरे ताँगे से गिनती शुरू हुई। निजाम पैलेस, बड़ौदा हाउस, जयपुर हाउस, बीकानेर हाउस अब यह आ गया ट्रावनकोर हाउस, चौराहे से दाएँ मुड़ते ही पटौदी हाउस। कैनिंग लेन से निकलकर क्वीन वे। वाह क्या छटा। एक ओर ईस्टर्न कोर्ट और एक ओर वैस्टर्न कोर्ट। दीपावली दूधिया, हरी, केसरी, नीली और इमारतों को उभारते सजीले तिरंगे। आगे बत्तियों की लम्बी मालाओं से चमकता-दमकता इम्पीरियल होटल। प्यारेलाल बिल्डिंग से ताँगे लिंक रोड से अतुलग्रोव की ओर मुड़े। आसमान को बुलातीं बंगलों के छतों की उजियारी टुकड़ियाँ। और सामने रही टेलीग्राफ लेन—झूम-झूम बत्तियों के झूले, छतों पर और ऊपर लहरा रहे हैं—खादी भंडार के चर्खों वाले तिरंगे। कैनिंग रोड से दाखिल हों तो टेलीग्राफ लेन का पहला बंगला ठहरा गाल्लिक साहिब का। एन.डी.सी. के चीफ इलेक्ट्रिक इंजीनियर। अंग्रेज हैं पर ठीक हम हिन्दुस्तानियों की तरह। उनके बंगले पर रंग-बिरंगी बत्तियों की फबन। कुरेशी अंकल के घर का दरवाजा अँधेरे में मगर छत दाएँ-बाएँ के पड़ोसियों की झालरों के आरपार सज रही है।

ताँगों में से सवारियाँ उतरीं। तालियाँ बजीं और ताँगेवाले साहब का

शुक्रिया किया गया। उन्होंने मूठ जेबों में डाली और जय हिन्द साहिब, आजादी मुबारक कहकर ताँगे कर्जन रोड की ओर मोड़ दिए।

अगले दिन घर में मौजूद उदास, निराश पिटी हुई भीड़ से हम चुपके से निकले। दिल्ली गेट पर ताँगे से उतर दरियागंज की सड़क पर हो गए। दोनों ओर की पटरियाँ सड़क सब भीड़ के रेले से खचाखच। ठठ के ठठ। आवाजें आसमान को गुँजा रही हैं—

भारत माता की जय—
वन्दे मातरम
हिन्दुस्तान ज़िन्दाबाद
पंडित जवाहरलाल ज़िन्दाबाद
शहीदों की कुर्बानियाँ ज़िन्दाबाद।

परदा बाग की दीवारों पर चिरागों की कतारें—एक और लहर दबाव की—पाँव उखड़ रहे हैं। सामने भोजला पहाड़ी पर खड़ी विशाल जामा मस्जिद की दीवार पर पनीली बत्तियों की रोशनी 'आज' और बीते हुए 'कल' के वक़्त को लीप रही है। जैसे नई तवारीख बनते देख रही हो। हरे-भरे मजार पर बत्तियों की चिलमन। लालकिले की मेहराबों से दीखती यह परछाइयाँ किसकी हैं। बादशाह सलामत, बेगमें, शाहजादे, शाहजादियाँ।

आजादी मुबारक।
हिन्दुस्तान हमारा है।
वन्दे मातरम।
हिन्दुस्तान ज़िन्दाबाद।
इन्कलाब ज़िन्दाबाद।

बरामदों में दीयों की पंक्तियाँ झिलमिल-झिलमिल करती रहीं—

अन्दर पिताजी ने कहा—बच्चों इन दिनों हर चीज, हर सड़क, हर इमारत को ध्यान से देखो—यह वे दिन हैं जिन्हें आनेवाली नस्लें इतिहास के पन्नों में पढ़ा करेंगी।

रात माँ और पिताजी से लम्बी बातचीत के बाद हमें अगली शाम शहर की रोशनी देखने की इजाजत मिल गई। हमारे साथ जाएँगे गोबिन्द और कन्हैया। ताँगा स्टैंड से ताँगे को हमें दिल्ली गेट तक ले जाने और वापस घर

पहुँचाने की पेशगी दे दी गई।

जाने से पहले बच्चों की जेबों में उनका नाम, पता लिखकर टाँक दिया गया। इस हिदायत के साथ कि अगर भीड़ में एक-दूसरे से अलग हो जाएँ तो शीशगंज गुरुद्वारे की सीढ़ियों पर जा बैठें। वहीं गोबिन्द, कन्हैया का इन्तजार करें। चलने के लिए फ्लीट बूट पहनें।

आजादी का यह पहला त्योहार। चाँदनी चौक में भीड़ के रेले खुद ब खुद सरक रहे हैं। ट्राम की पटरियाँ खलकत के पैरों तले ओझल हो चुकी थीं। पुलिस तरतीब देने को मोटे-मोटे रस्सों का जाल फैलाए हुए है। आज पुलिस की वर्दियाँ किसी के दिल में कोई दहशत पैदा नहीं कर रही हैं। नारे उठा-उठा, भीड़ के गले सूखते हैं। फिर देशभक्ति से हरे हो जाते हैं। हर हिन्दुस्तानी चेहरे पर अजीब चमक थी जो किसी भी मुल्क की तवारीख में कभी-कभार उतरती—उभरती है।

खबरदार! होशियार!!

हिन्दोस्तान के अवाम की सवारी पैदल चली आ रही है। अब यही सरकार होगी और वही रियाया भी। दरीबा की ओर मुड़ते हुए नुक्कड़ पर ठस्स भीड़ का थर-सा बँधा हुआ है। धक्कों के जोर से हम पटरी से कुछ आगे जा गिरे। पता न लगा हम खुद नीचे से उठे कि हमें मदद से उठाया गया। सँभले तो देखा दो लड़कों के सामने खड़ा है भीड़ का जत्था। सोलह-सत्रह साल का लड़का सिर पर साफ़ा नहीं, जूड़े पर मैला-सा चिथड़ा बँधा हुआ। कन्धे से लटकती एक आस्तीन, बाजू के बिना। दूसरा दस बारह साल का साथी ढोलक बजा रहा है। जो गाया जा रहा था वह न गाने की तरह शुरू हो रहा था न खत्म। एक जवाब सा था उस सवाल का जो वक़्त ने उन जैसों पर चिपका दिया था।

बल्ले बल्ले जवाहर लाल
आपने कर दिया क्या कमाल
धरती फाड़ पंजाब की
हमें दे दिया एक रूमाल
कि जाओ आँखें पोंछो।

पैसे, इकन्नियाँ, चवन्नियाँ जेब से निकल-निकल लड़कों को शाबाशी देने लगीं।

बड़ी बूढ़ी बेबे ने पैसे का सिरवारना किया और रो-रोकर बोली—पुत्तर गांधी महात्मा को धोखा हो गया। यही कहता रहा—अपने-अपने घरों में बैठे रहो। इसी मशवरे से खलकतें मरवा दीं पुत्तर। साधु सन्तों को हुकूमत, हुक्मरानी का क्या पता। पर मेरे लाल अब कोई नया तुक्कड़ जोड़। अब जो होना था, हो गया। जवाहर राज सँभाले और जो लुट-पुटकर आए हैं—उनको छत-छप्पर चूल्हा दें।

लड़के हाथों से पैसे बटोरते रहे जैसे बूढ़ी बेबे को दुनिया का कुछ पता न हो।

आजादी के पहले त्योहार वाली भीड़ हमने दिल्ली में फिर कभी नहीं देखी। हर तरह का आदमी, हर पोशाक का, हर उम्र का, हर रंग, हर तबके, शहर, गाँव, कस्बे से दिल्ली आ गया लगता था। उस दिन पूरे हिन्दुस्तान का जमावड़ा दिल्ली में था। सड़कों के किनारे खोमचेवालों की भीड़ें जुटी थीं। पूरा मेला ही आजादी पर मुँह मीठा करवाने का जतन लगता था। लड्डू मोतीचूर, कलाकन्द, बेसन की टुकरियाँ, पेठा, गुलाबजामुन, बालूशाही मुरुंडे, हल्वा-पूरी, कचौरी-बेड़मी, समोसा, चने, मुरमुरे, नानखताई न जाने क्या-क्या! क्या था जो उस दिन वहाँ न था। हर खोमचे रेहड़ी, झल्ली, डलिया पर टूँगा हुआ तिरंगा। हलवा, पूरी, पुलाव, और तो और खस्ता पापड़ों के ऊँचे टोकरे में तिरंगों का जोड़ा मुस्करा रहा था। कुछ बात थी उस दिन खुशी की और सदियों के बाद आज़ाद हो जाने का गुमान। अब हर आदमी दूसरे आदमी की तरह आजाद देश का नागरिक था। हर दूसरा, हर तीसरे की तरह था। सदियों से गिरवी पड़ी उसकी खुद्दारी आज गांधी महात्मा द्वारा छुड़वा ली गई थी। इन्कलाब ज़िन्दाबाद।

हम लोग एक-दूसरे का हाथ थामे फव्वारे के ठीक सामने शीशगंज साहिब की ओर बढ़े तो फव्वारे के पास बैठे अन्धे फकीर ने आवाज लगाई—अल्लाह बेवतनों की जवानी पर रहम कर। हम अटकलें लगाने लगे। यह फकीर नहीं पुलिस का खुफिया है।

नहीं, नहीं अब खुफिया का क्या काम, अब तो गोरों के जहाज बम्बई से रवाना हो रहे हैं। उन्हें उनके घरों को ले जा रहे हैं। अब यह देश हमारा है। पुलिस हमारी है।

इस सरकते हुजूम में हम भी शामिल हैं। यह सोच-सोच जोश उभर रहा है। मँझली की आँखों को लाहौर की अनारकली दिखाई दी। फिर गुम हो गई। अब वह अपना वतन नहीं—वह पाकिस्तान है।

सामान असबाब रखे हुए इन्हें दुबारा कहाँ मिलेंगे? वहाँ फिर कब पहुँचेंगे। आजादी का जश्न मनाया जा रहा है। कल जो अपनी जमीन थी, वह पराई हो गई। अब पाकिस्तान बन गया। चाँद सितारों वाला झंडा फहरा दिया गया।

रात रेडियो से जवाहरलाल नेहरू की आवाज़ गूँजी, उतने ही तनाव से सामने बैठे हमारे सम्बन्धियों, शरणार्थियों, मेहमानों की पुतलियाँ फरफराने लगीं। घूरने लगीं। गुस्सीली आँखों में खौलने लगा खून। खूँख्वार पंजे, मार खाए हुए जिस्म और रूहों पर बेआहट सरसराने लगी लाचारी, बेबसी। जवाहरलाल नेहरू की आवाज तालियों की गड़गड़ाहट में डूब गई और राष्ट्रीय गीत की धुन के साथ ही हम उठे और सभी हमारे साथ उठ खड़े हुए। रुँधे गलों से हम दोहराते रहे—

पंजाब, सिन्ध, गुजरात, मराठा,
द्रविड़, उत्कल बंग,
विन्ध्य, हिमाचल जमुना गंग
उच्छल जलधि तरंग
जय हे, जय हे, जय जय जय जय हे—

नया सफर, नया भूगोल, नया इतिहास। गीली आँखों से सब एक-दूसरे की ओर देखते रहे। इस ऐतिहासिक ऐलान के बाद कि हिन्दुस्तान हमारा आजाद है। माँ के इशारे पर चाय और मीठे की ट्रे घुमाई जा रही है! हरनारायण, गोपीनाथ की मीठी लाल चेरी और तिरंगी अशर्फियाँ। गुलाबी, हरी और पीली—शुभ हो, शुभ हो, आजादी अपने देश को।

काश यह बँटवारा न होता। वहाँ का रहने वाला बेघर लुटा हुआ यहाँ न आता। और यहाँ वाला यहाँ से गैरहाजिर न होता। मगर कैसे न होता! सिकन्दरलाल जी ने मीठे का टुकड़ा उठाया और बेरुखी और हँसी उड़ाने के मिले-जुले अन्दाज में कहा, "लो जी, आखिर नौशा जवाहरलाल घोड़ी चढ़ ही गए। भाइयो, बहनो मुँह मीठा करो।"

बरकतराम जी बड़े कसैले गले से बोले, लाहोर वाले कांग्रेसी जुलूस में नेहरू चिट्टे घोड़े पर सवार था। निस्बत रोड बालकनी में बैठी थी, माँ स्वरूपा रानी ने मोहरों का सिरवारना किया था बेटे के सिर पर से। पाउंडों की मूठ फैंकी थी।'' मतलब यह कि पंडित मोती लाल का पुत्र जवाहर लाल कोई मामूली हस्ती नहीं।

सब खामोश बने रहे। चाय के घूँट कुछ ऐसे खींचे जाते रहे ज्यों अगली पिछलियों के फैसले आज ही हो जाने हों। भागसिंह कुछ गरमाए, ''मैंने कहा हिन्द सरकार को पंजाब वालों के यह हाल-बेहाल बहुत भारी पड़ेंगे। पुरानी तवारीख बताती है, महाराजा अशोक पंजाब में लड़ रहा था तो उसका बाप जाता रहा। शहंशाह अकबर पंजाब की लड़ाई में लगा हुआ था तो बाप हुमाऊँ खत्म! कहने का मतलब यह कि बड़ी सख्त है धरती पंजाब की! एक बार चढ़ जाती है सिर पर और खून-खराबे के बिना उतरती नहीं!''

शादीलाल जी भड़क उठे, ''क्या बातें कर रहे हो सिंह जी, किस-किसके बाप गिनाओगे। आज किसी का बाप है, तो लड़का नहीं। बेटा है, तो माँ नहीं—बहन है, तो भाई नहीं। हमने दूसरों के बारे में आज भला क्यों सोचना है?''

बुआ रुकमण बड़ी खीजी, ''अरे छोड़ दो, ये बेफायदा बातें। जी घबराता है सुन-सुनकर।'' चाय दुबारा आ गई। उजागर सिंह बड़े जिच्च हुए, ''चाय के ठूठें बार-बार। क्यों, आजादी का जश्न मनाने के लिए निरी फोकी चाय! बादाम पिस्तेवाला दूध क्यों न बनवाया। आखिर तो सरकारी कौम ठहरी। इन्हें क्या फर्क पड़ता है। हुकूमत गोरों की हो या देसियों की।''

शल्लो मौसी रोने लगी, ''अरे यह लीडर तो वजीर बन जाएँगे पर मैं कहाँ से लाऊँगी आपनी बेटी, साल-भर पूरा न हुआ था ब्याह को!''

आलमगढ़वाली बेबे भागो ने घुड़क दिया, ''बस री रखो, चुप कर। जिगरा कर। यह सोच तेरे साथ कोई अनोखा नहीं बरत गया। यह तो सारे जमाने के साथ हो गई। जा उठ, नल के नीचे बैठ। बदन जगेगा।''

शल्लो मौसी नहाकर आई तो जाने कैसे बिलकुल नई-सी हो गई। बड़े सिदक से बोली, 'अगर सनकुकड़े की सुतली मिल जाए तो करोशिए के थैले ही लगा लूँ। चार पैसे आ जाएँगे हाथ में। क्या पता मेरा पाशी किसी दिन पहुँच ही जाए दिल्ली। पैसे-धेले की तो उसे भी जरूरत होगी।''

सारी बैठक खामोश रही, जैसे कुछ सुना ही न हो। दो-चार ने तो आँखों से पाशी को स्टेशन पर खून से लथपथ देखा था। कहाँ बचा होगा। बरकतराम उखड़े-से बैठे थे। शल्लो के लिए जी उमड़ आया। जोश-खरोश से कहा, ''यह तो हुई बात सयानफ की शल्लो। आजादी के दिन ही थैले बनाने की सोचना कोई छोटी-सी बात नहीं। शल्लो, तुम्हारे लिए सुतली मैं लाकर दूँगा, कल ही लो।''

शल्लो मौसी से छेड़छाड़ होने लगी, ''पहले पाँच थैलों का तो ऑर्डर मेरा पक्का! कहो तो पेशगी दे दूँ।''

''लो सुनो, आप घी के ठेकेदार जरूर हैं पर मुझे व्यापार करना है तो क्या अपने बहनोई के साथ ही।''

''देखो, आप सब लोग गवाह हो। शल्लो की नीयत में अभी से फर्क पड़ गया है, यह मुझे और आपको खरीदार नहीं समझती। इसकी निगाह कहीं और है। पहले दो थैले तो बेचेगी नेहरू और पटेल को, फिर सप्लाई होगी सरकारे-हिन्द के वजीरों को। शल्लो के बुने हुए थैले पकड़कर वजीर दफ्तर जाया करेंगे। सुन शल्लो, रौ में आकर उन्हें मुफ्त में न दे डालना। उन्होंने तो थैलों में माल-मत्ता ही भरना होगा।''

रुकमण बुआ बोली, ''क्या खाक उड़ाने लगे भ्राजी? अभी तो बिचारे लीडरों ने कसमें ही खाई हैं, कुर्सी तो कल सँभालेंगे।''

बलदेव राज नंदा खीझकर बोले, ''लीडरों पर फब्तियाँ कसना वाजिब नहीं। वह भी आज के दिन। हजारों ने कुर्बानियाँ दीं। हजारों शहीद हुए।''

बरकतराम कुछ सोचते रहे, फिर हल्की-फुल्की आवाज में कहा, ''मुझसे पूछो तो अब यह बन्दे आपके लीडर ही नहीं, हिन्दुस्तान के हाकिम बन गए हैं। लीग ने पीठ लगा ही दी और पाकिस्तान बनवा लिया। अब भले जयहिंद जयहिंद करते रहें, हिंद के तो टुकड़े हो चुके।''

''जख्मों पर नमक छिड़कने से क्या फायदा? जो होना था हो चुका। हम लोग दिल्ली पहुँच गए हैं तो आगे का कुछ सिलसिला बनाएँ। यहाँ भी कितने दिन बैठे रहेंगे?''

यह सरकारी लोग हैं। नई सरकार की कुर्सियों पर बैठ-बिठाई और मुँह-चुमाई हो जाए तो इनको दफ्तरों में जाकर ड्यूटी करनी ही है। रह गए हम तो न सरकार के अन्दर न बाहर। देखें कोई बचा-खुचा पुराना साहब

बहादुर मिल गया तो अपना भी वसीला बन जाएगा। नहीं तो घर-घर जाकर शल्लो बहन के थैले बेच देंगे।''

भागासिंह जी का दिल बड़ा उदास हुआ। कुछ देर बरकतराम को देखते रहे। फिर बोले, ''हिम्मत रखो। हम सबसे ज्यादा नुकसान तुम्हारा हुआ है। वह घड़ी हाथ नहीं आनी, क्या करें, इस पर आदमी का कोई वश था? हुकूमतों के फैसले थे।''

सुबह-सवेरे रेडियो से राष्ट्रीय गीत होने लगे—

प्यारी जन्मभूमि मेरी
प्यारी जन्मभूमि मेरी

मरजाई चक के नानकशाह ने, जिनको किसी ने बात करते ही न सुना था, बड़ी ऊँची आवाज में सबको सुनाकर कहा, ''लो जी, जन्मभूमि का ऐलान हो रहा है। मतलब यह कि अब दिल्ली को ही अपनी जन्मभूमि समझो।''

सुबह मँझली, शल्लो मौसी और बरकत मामा सवारी के ताँगे में खारी बाउली जा पहुँचे। सुतली के लिए बरकत मामा ने कोई मोल-भाव न किया। सिर्फ सख्त आवाज में झल्लाकर कहा, ''एक धेला भी ज्यादा लगाया तो तुम्हें फलेगा नहीं। रियायत से देना तो हफ्ते में दो बार आकर ले जाएँगे।''

पैसे दिए। सुतली उठाई और सड़क पार कर फतेहपुरी की पटरी पर जा पहुँचे। आठ-दस दुकानें पार की होंगी कि बरकत मामा देसी घी वाले हलवाई की दुकान के आगे रुक गए! तीन दोने जलेबियों का ऑर्डर कर दिया। इधर मामा साहिब ने मुँह में डाली, उधर कड़कती आवाज में लड़के को पुकारा, ''ओए लड़के जरा बुला अपने मालिक को।''

''क्यों साहिब क्या परेशानी है?''

''परेशानी यह है कि तुमने दूकान के बाहर लिखकर लगा रखा है कि अगर हमारे यहाँ असली घी इस्तेमाल न हो तो 500 रुपए इनाम। नाखालिस घी इस्तेमाल कर रहे हो वह भी चर्बीवाला। उठा ले अपनी जलेबियाँ।''

मँझली खामोश-शर्मसार।

ऊँचा-ऊँचा बोलने से भीड़ इकट्ठा होने लगी ''क्यों साहिब, चक्कर क्या है?'' चक्कर इतना ही कि हिन्दू होकर चर्बी खिला रहे हो। चर्बी भी

सूअर की नहीं, दूसरी का नाम हलवाई ही लेगा, मैं नहीं।''

लाला बोले, ''आगे बढ़ो, आगे। यहाँ मुफ्त का माल नहीं खिलाया जाता। मुँह उठा के चले आते हैं! मोहरबन्द घी है हमारा, समझे।''

''सुन लाला, मैं हूँ ठेकेदार, फौजों को घी सप्लाई करने वाला। सारे धन्धे से वाकिफ हूँ। तेरा घी खालिस नहीं चर्बी वाला है! अन्दर जा और पाँच सौ रुपया ले के आ जा। बोर्ड पर लिख के लगाया हुआ है न, मिलावट बतानेवाले को इनाम!''

''वाहियात बकवास है! आप मुफ्त का माल खाना चाहते हैं, हमें पुगता नहीं।''

भीड़ में से किसी ने लाला के कान में कहा ''बेकार मुसीबत मोल लोगे। ये तो साँड़ बने घूम रहे हैं, रफा-दफा करो।''

लाला के लड़के ने बड़ी हलीमी से कहा, ''रुकिए साहिब, गुलाबजामुन तो चखिए।'' बरकत मामा हम दोनों को इशारा कर अन्दर चले गए।

करीब आधा घंटे में मामा साहिब अन्दर से निकले तो हाथ में बरफी की पिटारी थी।

बरकतराम जी ने हमें बड़े लाड़ की नजरों से देखा, ''देखो यह काकी हमारे साथ आई, इसका सगुण अच्छा रहा। अच्छा सौदा हो गया।''

घर पहुँचकर सारी बात साफ़ हो गई। बरकत मामा ने पाँच सौ रुपए के बदले हलवाई की दुकान के आगे मूँग की दाल का हल्वा बनाने का सौदा पटा लिया। कड़ाही अन्दर चढ़ेगी और परात हल्वे की बाहर लगेगी।

अगली सुबह बरकत साहब बड़े साहबे-दौलत बन नाश्ते पर आए। गोबिन्द से कहा—''चल बेटा, दो अंडे डबल फ्राई और साथ हो जाएँ दो पराँठे। खाने के बाद बख्शीश हाथ में देकर कहा—लो, यह तुम्हारा इनाम है? देखो बेटे, मेरी ही तरह बारी-बारी बिना बुलाए इन सब मेहमानों को इस घर से बिदा दे!'' ताकि बन्दे अपने-अपने कामों पर लगें। कितनी देर पीछे को रोते रहोगे?

सिकन्दरलाल जी ने जो सुबह से गुमसुम लेटे हुए थे, बरकतशाह को काम पर जाते देखा तो हड़बड़ाकर उठ बैठे। पास आकर कहा, ''यह तो न पूछूँगा कि सवारियाँ किधर जा रही हैं? पर जिधर भी मुँह किया हो जनाब इस

खादिम को भी साथ ले लीजिए। बन्दा मैं भी काम का हूँ।''

''कहते तो ठीक हो सिकन्दरलाल पर हमारा-तुम्हारा कुछ रिश्ता ऐसा है कि ऊँच-नीच हो गई तो बात अच्छी न होगी।''

सिकन्दरलाल पहले कुछ चुपका हो रहे, फिर भड़ककर कहा, ''पुराने रिश्तों के हवाले का कुछ मतलब है अब। वह तो हो गए खत्म। आप लुटे-पुटे, हम लुटे-पुटे। पुराना रिश्ता है कोई बाकी।''

''चलो पहन लो जूती। अजमेरी दरवाजे तक चलेंगे पैदल। आगे सवारी के ताँगे बहुतेरे। सिकन्दरलाल, अब हम और आप दिल्लीवाले। डरने, घबराने की जरूरत नहीं। यह लोग हमारे बन्दों की तरह अक्खड़ नहीं। शायस्तगी से पुगे हुए हैं।''

''दिल्लीवाले तो आप लोगों को लड़कियाँ देने से रहे। सोचेंगे यह कुल्ले साफेवाले भी कहाँ के पठान हैं।''

''न दें, हमें लड़कियाँ बहुतेरी।'' अधेड़ उम्र का हिसाब लगा मन ही मन बरकतराम जी ने अपनी कनपटी पर हाथ फहराया। हफ्ते-भर में दोनों भाईवाल कोरोनेशन होटल फतेहपुरी में टिच हो गए। हलवाई लाला के समधीं ने देखा तो आगाह किया, ''इन पंजाबियों से सँभलकर। हमारी समझ में तो पेशावरी कुल्लेवाला वह सरोता है जो हर सुपारी काट के रख दे।''

बाँट-बँटवारा

हम में से बहुतों ने, कभी न कभी जरूर देखे होंगे—
खेत बँटते
मुँडेर बँटते
घर-आँगन बँटते
पुराने दरवाजे बन्द होते
नए रास्ते बनते
चूल्हे अलग होते
फिर अपने-अपने चूल्हे की आग पर
अपनी-अपनी हँडिया चढ़ते—
पर तब तक देखा नहीं था—किसी मुल्क को बँटते।
वह बँटा—
यह हम हैं
वह तुम हो
हम तुम नहीं हो—
तुम हम नहीं हो—
फिर कैसे एक साथ!
कैसे रहेंगे हम एक साथ।
नहीं, नहीं—बिलकुल नहीं।
कतई नहीं।
सदियों-सदियों पुराना यह सिलसिला अब टूटता है।
एक-दूसरे को सहन करने का माद्दा फूटता है।

सुनो, कान खोलकर सुनो—
हम हम हैं
और तुम तुम हो।
हम इधर हैं
तुम उधर हो—
इधर उधर—
एक धरती के दो टुकड़े
और लाखों के काफिले
इधर से उधर
उधर से इधर
बन गईं नई सरहदें—
नई सरकारें
और नए झंडे।
नए कौमी तराने।
जो जख्मी हुए
जो मरे वह गए—
आधे ऊपर और
आधे नीचे—
कौन भला था,
कौन गुनहगार था।

अब यह किसी को मालूम नहीं। मालूम था तो इतना कि हमी ज़िन्दा हैं और धड़कते बदनोंवाली कतार में खड़े हैं।

दोनों तरफ बचे-खुचे गुमसुम अदीबों की आँखें खोजती हैं—
कहाँ है वह मसीहा—
किसका है वह मसीहा
इधर है कि उधर है
कलमें ताज़ी हो गई—
स्याही ढूँढ़ने लगीं।

पकड़ो, पकड़ो इन आवाज़ों को पकड़ो—
यह वक़्त दुबारा कैसे दोहराओगे।

इसके बाद भी कुछ बचा जो लिखा जा सके।
खुदा के बन्दो मार-काट नहीं—
अब कुछ सोचो।
बिछड़ गई रूहों की दलाली मत करो।

कौन!
कौन हो तुम!
मैं मैं हूँ।
तुम तुम हो
हम हम हैं
हम!

आजादी एक पवित्र शब्द। एक पाक अहसास। एक इन्सानी जज्बा। हाड़-मांस का, हर नागरिक, हर देश का शहरी अपनी रुह-आत्मा में इस जज्बे को महसूस करता है। यह खून की तरह उसकी शिराओं और धमनियों में दिन-रात बहता है। बहता रहा है।

अपने को खबरदार करता है—इससे नजर मत चुराना। इसको नजर मत लगाना।

इसके जख्मी होते ही तू गुलाम हो जाएगा।
गुलाम की तरह बिक जाएगा।
पागल हो जाएगा।
पगलाया फिरेगा!
टोबा टेक सिंह!

हाशिए से उठकर मंटो ने यह घायल टुकड़ा हुकूमतों, सरकारों के आगे सरका दिया।

लीजिए।

यह लीजिए—इस परचे पर अब हुकूमत कीजिए।

दोस्तो सच तो यह कि मंटो की कलम ने अदीबों को जान बख्शी थी। इस शर्त पर कि खामोश मत रहो। बोलो। लिखो। कुछ कहो।

तुम अभी ज़िन्दा हो।
अभी भी ज़िन्दा हो।

विभाजन से अधमरे अदीबों को इस आवाज ने हिला दिया। सियासतदानों ने जो करना था सो किया—अगर हाथ में कलम है तो अब तुम करो जो तुम्हें करना है। जो तुम्हें करना चाहिए।

खुदा की बरकत थी लेखक की आवाज।

दोनों मुल्कों में फिरी। दोनों मुल्कों में बही।

सोचने, सुनने और देखनेवालो लिखाड़ियो, पुराने को दीमक न लगने दो और नए को रास्ता बनाने दो।

तवारीख गवाह है—दूसरों से लड़ने से ज्यादा मुश्किल होता है—दोस्ती करना, अपने को बदलना। बदलाव हुआ सबसे पहले दोनों ओर के अदीबों की कलम से।

मंटो ने दोनों मुल्कों की सरदहों पर माइलस्टोन, शिलालेख की तरह 'टोबाटेक सिंह' को स्थित कर दिया। आनेवाली नस्लों के दिल-दिमाग पर कभी न भूलनेवाला निशान बना दिया।

अदब कभी सयासत से बड़ा था। आज हम किससे पूछें कि मंटो किसकी धरोहर हैं? हमारी कि उनकी? मंटो का लेखन किसका हिस्सा है? पाकिस्तान का कि हिन्दुस्तान का? वह समूचे अदब का है। दोनों ओर का।

दोनों का।

हम और वह।

वही जो पहले एक थे। अब दो हैं। 'टोबाटेक सिंह' पढ़ते हुए हम आज भी एक ही महाद्वीप के बाशिन्दे हैं।

दोस्तो हमें फ़ख़्र है कि दोनों सरहदों के भीतर अपनी-अपनी जुबान में दोनों ओर उस 'एक' मंटो का जिक्र करते हैं जो एक था। एक रहा। इन्सान की तरह सोचता था। इन्सान की तरह सोचा किया आखिर तक।

विभाजन पर लिखी कृतियों के सन्दर्भ में इतना ही कि दशकों के आर-पार फैले दोनों ओर के लेखकों में—मंटो, अब्दुल्ला हुसैन, यशपाल, कुर्रतुल ऐन हैदर, इन्तजार हुसैन, राही मासूम रजा, भीष्म साहनी, बलवन्त सिंह, कृष्ण बलदेव वैद, अज्ञेय, मोहन राकेश, कमलेश्वर, राजी सेठ और भी अनेकों-अनेक लेखक राजनीतिक दलों की युद्ध-नीतियों को समझते-बूझते हुए भी मानवीय मूल्यों को अपने रचनात्मक वृत्तान्तों, उपन्यासों और कहानियों में

अंकित करते रहे हैं, क्योंकि वह इन मूल्यों में आस्था रखते हैं। दर्जनों महत्त्वपूर्ण विभाजन की कहानियों के नाम गिनाए जा सकते हैं—'शरणार्थी', 'मलबे का आदमी', 'पुल', 'अमृतसर आ गया', 'सिक्का बदल गया' और... भी अनेको।

दिल्ली का वेतनभोगी

दिल्ली का वेतनभोगी मध्यवर्ग राजधानी में करीने से बिठाई ज़िन्दगी को संयम और सुभीते की सुविधाओं के बीच खिंची सँकरी-सी लीक पर चलते कौशल और अनुशासन से स्थितियों में उमगता सिमटता महीना पार करता।

वह गया और यह आया। कनॉट प्लेस में टहलते-टहलते विंडो-शापिंग—खरीदारी को अगले कई महीनों पर फैलाते मज़े-मज़े कीमतों के टैग देखते चलते। पिक्चर। ओडियन। प्लाजा। रिवोली। रीगल।

शनीचर-इतवार या महीने में एक दो बार मन-पसन्द रेस्तराँ या काफी हाउस के छोटे-मोटे बिलों का भुगतान करते-करते सरदी का सामान गर्मी की शुरुआती सेल में और गरमी का जाड़ों की कटौती में। बजट की खुशफहमियाँ गलतफहमियों में बदल जातीं और ज़िन्दगी नौकरी की चौखट में मज़े-मज़े सरकती चली जाती। दिल्ली में होना भी कुछ कम-सी बात नहीं। सुथरी सड़कें और सुथरा आकाश। कोल्ड कॉफी, काफी, जिंजर बियर, मिडनाइट ब्यूटी-विमटो या सोडा में आइसक्रीम, टूटी-फ्रूटी। चाकलेट-डस्टी रोड। सैंडविच-पेस्ट्री। यह सब भी शामों को रसीला तो करते ही हैं।

राजधानी का उच्चतम आय वाला प्रबुद्ध समृद्ध सम्पन्न नौकरशाहों का चरक चढ़ा तबका जिमखाना क्लब में निहायत शायस्तगी और नजाकत से अपनी विशिष्ट सामाजिकता को जीता और उस छवि को निभाने के लिए तत्पर रहता। नियमों की पाबन्दी सब से ऊपर! प्रशासनीय सेवाओं का यही वर्ग मंत्रालयों का बौद्धिक समुदाय जिमखाना क्लब के मेम्बरशिप का हकदार हो सकता था। सरकारी योजनाओं और ठेकों को अंजाम देनेवालों के लिए चैम्सफोर्ड क्लब और पुरानी दिल्ली के खानदानी चुनिन्दा रौशनआरा क्लब

में अपने समय को सँवारते। बार, ब्रिज टैनिस, स्वीमिंगपूल, बैडमिंटन, बिलियर्ड और इनडोर गेम। पानी लगे लॉन की तरावट में परिवार और मित्रों के झुंड सरदी गर्मी की शामें लम्बी किए रहते। कल वाले धूप के साए कहाँ ओझल हो गए। इन्तजार करो। फिर यहीं आएँगे।

तीसहजारी, हिन्दुराव, और पहाड़ी की ढलवाँ उतराई, दूर तक फैला रौशनारा बाग और बीच में स्थित सिविल लाइंस और शहर के रईसों का यह क्लब। रौशनआरा बेगम की परछाईं जरूर पुराने पेड़ों की भूल-भुलैया से छिपकर नए नजारे देखती होगी। पकवानों की गन्ध सूँघती होगी।

क्या हुई वह दिल्ली शाहजादों और शाहजादियों की। अंग्रेज की नई हुकूमत जमी और उभरकर आई राजधानी नई दिल्ली। दोनों के बीच सदियों का फासला।

एक दूसरे से सटे गली-मुहल्लों, कूचों और कटरोंवाली पुरानी दिल्ली और खुली चौड़ी सड़कें और हवादार सुहावने बंगलोंवाली नई दिल्ली।

पुरानी दिल्ली में लालकिले के बाहर और जामा मस्जिद के सामने हरे-भरे का मज़ार और यह अंग्रेज की बनाई सजाई नई दिल्ली दिशाओं-दिशाओं हरी-भरी। राजधानी अनुशासन में नियमबद्ध, रूटीनबद्ध—ग्रेड प्रमोशन डीमोशन, तरक्की सब फंडामेंटल रूल्स के अनुसार। प्रशासनीय चौखटे से कसी विशाल देश को नियत करती नई दिल्ली। कई कुछ फाइलों से फाइलों के पार भी होता रहता। फिर इन्क्वायरी। अपील। कभी फंडामेंटल रूल्स के मुखड़े धुल-पुँछ जाते। गलत रिकार्ड सही हो जाते। कभी सही कर दिए जाते। एक साथ अनुशासन।

प्रशासनीय विधियाँ और नीतियाँ साथ-साथ।

यह दिल्ली है।

हम दिल्ली से बोल रहे हैं। देश-भर को सुप्रभात कहते आल इंडिया रेडियो के अनाउंसर। मोहीउद्दीन साहिब इस्लामुद्दीन साहिब पय्यामी और बच्चों का प्रोग्राम करेनवाली पुरानी दिल्ली की नाज़ुक समझदारी की आवाज़ वाली बाजी बच्चों के रेडियो प्रोग्राम की।

हवा में तैरतीं वह दिल्ली की सगी आवाज़ें क्या हुईं! कहाँ गईं! इस मुल्क के पार दूसरे मुल्क में खो गईं।

स्वतंत्रता। आज़ादी।

पराधीनता के पुराने चंगुल से निकल आई।

सदियों के बाद आजादी और बँटवारा एक साथ। साथ साथ।

नया इतिहास। दिल्ली में एक बार फिर भूकम्प। यहाँ-वहाँ जमीन फटने से दरारें। सियासत का जलजला। शहर की सड़कों पर दौड़ती-भागती हिंसा और नफ़रत की परछाइयाँ। अंग्रेज के जाते ही क्या उसका अमन-चैन सब खो जाएगा। कर्फ्यू-गोली-गश्त।

सड़कें, पटरियाँ, बाजार, गली-कूचों में मैले-कुचैले उजड़े-उजड़े पराए गुस्सैल घायल शरणार्थी। इनकी जबान की तल्खी दिल्लीवालों के दिलों में कड़ुवाहट जगाती। राजधानी दिल्ली की शान्ति को भंग करती लगती।

वह लोग।

यह लोग।

वह मुल्क

यह मुल्क।

कितना फर्क।

कितनी दूरी।

कहाँ है नजदीकी।

तू-तड़ाका हत्थ छुट्ट। बात-बात पर मरने-मारने पर तैयार। शरणार्थी। विस्थापित। रिफ्यूजी। बचे-खुचे कुटुम्ब-कबीलों के साथ नए वतन की सड़कों की धूल छान रहे हैं। औरत-मरदों का झुंड कड़कती गर्मी में पी. ब्लॉक से चलता-चलता पहुँचता है कनॉट प्लेस। छबीलों से मिट्टी के घड़ों का ठंडा पानी पीते-पीते।

कड़ी दुपहर। कनॉट प्लेस की बड़ी-बड़ी रौबीली दुकानों के आगे चौड़े छाँहदार बरामदे। शरणार्थी अन्दर हो लिये। कितनी राहत। कितनी ठंडक। बाहर की धूप को रोकती नीली परदेदार बड़ी-बड़ी चिकें, औरतें, छाँह देखते ही ऊँचे गोल-गोल खम्बों के सहारे सुस्ताने बैठ गईं।

कैम्प से तो यही जगह बैकुंठ है बैकुंठ। साफ़-सुथरा फर्श और छाँह। हमें और क्या चाहिए। प्याऊ भी दूर नहीं। प्यास लगे तो उठकर पानी पी लो।

मर्द अपने कपड़ों की रंगत से बेखबर दुकानों के आगे ऐसे सिर उठा घूमने लगे ज्यों जल्दी ही उन्हें ऐसी दुकानें खोलनी हैं। सज-धजवाले दुकानों

के शो-केस।

बैग, सूटकेस, पैंट-कमीज, कपड़ों के थान। कोने में रंग-बिरंगी छतरियाँ और काले छाते। एक सयाने ने पीछे मुड़कर देखा—उजड़ी हुई लच्छमियाँ थककर ऊँघने लगी थीं।

शोकेस के पास जाकर आँख इधर-उधर घुमाईं और वह छतरियों के ढेर पर जा अटकी। वर्दी से लैस गुरखा ने जाने क्या भाँपा होगा कि हाथ से इशारा किया—परे-परे, आगे जाओ, बाहर।

जबान कुछ न बोली सिर्फ आँखें घूरती रहीं।

गुरखा दरबान ने समझाया—इधर घूमने का नहीं है। बरामदों से बाहर जाओ, बाहर।

शरणार्थी गेट पर आ जुटे। दरबान की आँखों में अपने कपड़ों की पहचान देखकर दो-चार मैले साफे तमके।

—दरबान अली चोप्प! यह बरामदे किसी के बाप के नहीं—सरकार के हैं। हिन्द सरकार के हैं जो हमें हमारे वतनों से यहाँ यहाँ खींच लाई है।

—आगे बढ़ो। इधर शोरूम का रास्ता रुकता है।

—बताते हैं तुम्हें रास्ता खोलकर।

किसी ने एकाएक शोकेस के काँच को तोड़ दिया।

काँच के टुकड़े भड़भड़ाकर इधर-उधर फैल गए। अन्दर से मालिक और मैनेजर बाहर आए।

शरणार्थी भीड़ देखी तो आवाज को संयत किया।

—बहादुर यह किसका काम है। तुम खड़े-खड़े क्या कर रहे थे।

—शाब, हम इनको इतना ही बोला कि बरामदे से बाहर जाओ।

लाला अपने गुरखे को समझा दो। हम भी वहाँ घर-बार, दुकानें छोड़कर आए हैं। यह गुरखा बरामदे में चलने से रोकता है—चीज देखने से रोकता है। यतीम समझ रखा है क्या, कनॉट प्लेस किसी के बाप की नहीं। सरकारी जमीन पर बनी है लाला।

—देखिए किसी के बाप तक पहुँचना ठीक नहीं—

अधेड़ सयाने ने कहा—महाराज, धूप में चल-चल हमारी हालत खराब हो गई है। छतरियाँ रखी हैं न सामने।

मैनेजर ने सारा खेल रफा-दफा करने को कहा—आपको कितनी चाहिए!

—पूरी उन्नीस। उन्नीस नग निकाल दो।

—बहुत महँगी पड़ेंगी आपको। भाई साहिब उन्नीस छतरियाँ खरीदनी हैं तो सदर बाजार से लीजिए।

—सदर बाजार तक चलने की हिम्मत नहीं है। बहादुर निकालो गिनकर उन्नीस।

—साहिब आपको जमेगी नहीं।

—लाला हम काहे के साहिब हैं। देख रहे हो न हमारी हालत।

मैनेजर और लाला आँख के इशारों में कुछ कहना चाह रहे हैं।

—दिल्लीवाल महाराज मेरी बात ध्यान से सुनो। पुलिस को बुलाने से कुछ हाथ न आएगा। वज़ीरे-आज़म तक हमें अन्दर नहीं कर सकते। समझे लाला 19 छतरियाँ दे दो और हर महीने हम से फी छाता एक आना किराया ले लो।

खानदानी लाला के कान लाल हो गए। ऐसा सौदा वह भी कनॉट प्लेस में—

—क्या-क्या कह बक रहे हैं आप—

साफे ने सिर हिलाया—लाओ इन्हें पकड़ा दो यह छाते। वरना हम खुद उठा लेंगे। आपसे पक्का वायदा रहा अपना। हर महीने फी छाता एक आना किराया आपके पास पहुँचता रहेगा।

—एक आना?

एक आना—क्यों नहीं। जामा मस्जिद पर एक आने हफ्ता एक पूरी सालम त्रिपाल या रजाई मिलती है। सारा कुनबा ढाँप देती है और छतरी सिर्फ सिर ढँकेगी।

छतरियाँ उठा शरणार्थी मर्द-औरत बरामदे से सरकने लगे तो साफे ने आगे बढ़कर लाला से कहा—आपने हमारे सिरों पर छाँह दी है—गिनकर पूरे उन्नीस सिरों के लिए। किराये देने का हम वचन निभाएँगे। प्रार्थना करेंगे ऊपरवाले से लाला कि हमारी तरह तुम्हारे वतन के कभी टुकड़े न हों।

कनॉट प्लेस के बरामदों में ही छाते खोल लिये गए थे। लगा शरणार्थियों ने ज़बरदस्ती कनॉट प्लेस से छाँव नोचकर अपने सिरों पर धर ली है।

पितृहत्या

खिड़की के काँच पर हल्की खटखटाहट—

—कौन?—

चौकीदार, साहिब।

अन्दर से माँ ने झाँका—

—क्या बात है चौकीदार—आज इतनी जल्दी—

—खिड़की-दरवाजे बन्द कर लीजिए। मेहमानों को बाहर न निकलने दीजिए—शहर में बड़ा हल्ला है। क्या साहिब ऑफिस से आ गए?

—नहीं, पर यह तो बताओ हुआ क्या?

—साहिब, बापू गांधी को गोली मार दी गई है।

—हाय रब्बा! अभी यह बाकी था। अन्धेर साईं का—अरे किसने यह कुकर्म किया?

—साहिब अभी कुछ मालूम नहीं। कोई कहता है—शरणार्थी था, कोई मुसलमान बताता है—

घर में आए लुटे-पुटे उखड़ों की भीड़ बरामदों में जुटी।

—अरे अब क्या कहर बरपा?

माँ ने हाथ से इशारा किया—चुप्प! यहाँ नहीं, आप लोग अन्दर चलें—बापू गांधी को किसी हत्यारे ने गोली मार दी है।

सयानियाँ माथे पीटने लगीं। हाय-हाय यह अनर्थ—अरे यह पाप किसने कमाया?

बाहर से अखबारी खबर वालों का शोर दिलों से टकराने लगा।

बापू को बिड़ला हाउस की प्रार्थना सभा में गोली मार दी गई।

बड़े-बूढ़े शरणार्थी धिक्कारने लगे—अरे अब डरने का क्या काम? बाहर जाकर पूछो तो सही हत्यारा कौन था?

कुछ देर में साइकल पर आवाजें मद्धम हो दूर हो गईं कि शोर का नया रेला उभरा—

—महात्मा गांधी को गोली मारनेवाला न शरणार्थी था, न मुसलमान, वह हिन्दू था। हिन्दू—

लानतें-लानतें—अरे हत्यारों! लोग वैरियों, दुश्मनों को मारते हैं और तुम पितृ-हत्या करने चल पड़े। तुम्हारे कुल-खानदान हमेशा को नष्ट-भ्रष्ट हों—उनके अंग-संग कभी न दुबारा जगें—नालायकों अपनों को बचा न सके तो सन्त-महात्मा को मार गिराया। ऐसे पुरोधा को जिसने सयानफ से अंग्रेज को मुल्क से बाहर किया।

हाय ओ रब्बा—क्या तुम गहरी नींद सोए हुए थे।

नानी माँ जो दो दिन पहले ही बापू की प्रार्थना-सभा में होकर आई थीं छाती पर हाथ मार-मार दोहराती रहीं—अरे पतित पावन उस घड़ी आप कहाँ जा छिपे थे। आपको तो बापू उम्र भर पुकारते रहे—

रघुपति राघव राजाराम
पतित पावन
सीताराम।

राजाराम आप कहाँ गुम हो गए। यहाँ आपकी दुनिया बँट गई—बेटे कत्ल हो गए। आप गहरी निद्रा में सिंहासन पर विराजते रहे।

घर की पूरी भीड़—

रेडियो से शोक-ध्वनि सुनकर कलेजा मुँह को आया। बज रहा है—यह साज खून से लथपथ गांधी के लिए। हत्या-हत्यारा मुल्क दो हो गए।

पर—

हम लाहौर रेडियो से बोल रहे हैं—

रुँधे गले से अनाउंसमेंट।

हमारे महात्मा गांधी...

ऐमनाबाद से आई हमारी दादी माँ रह-रह आँखें पोंछने लगीं। सयानों की भर्राई आवाज में कहा—जो भी कहो—हजार मार-काट हुई हो पर हमारी गमी में पाकिस्तानियों ने हमसायों की-सी रोल निभाई है। ऐसे बापू को याद कर रहे हैं जैसे गांधी महात्मा उनका भी कुछ लगता था।

कमरे में सिसकियाँ तैरने लगीं।

राजधानी के नामपट्ट और श्यामपट्ट

राजधानी के नामपट्ट और श्यामपट्ट बदलते जा रहे हैं। साहित्य और इतिहास के पुराने पन्नों से खोजबीन की जा रही है। प्रमाण इकट्ठा किए जा रहे हैं राष्ट्रीय गौरव के। किंग्सवे कैम्प राजपथ है और क्वीनसवे जनपथ। देश के विभिन्न राज्यों के रंग-रूप यहाँ-वहाँ सब जगह देखे जा रहे हैं। राजधानी है हर प्रदेश की शरण-स्थली। फसील के अन्दरवाले शहर पर अपना हक समझनेवाले दिल्लीवाल इसकी धरती, पानी और दूर-पास फैले खँडहरों को अपनी जद्दी जायदाद समझते हैं। बाहर से आए पराए लोगों पर खीझते हैं। इन्कलाबी बरसात के बाद की खुम्बियाँ हैं। धीरे-धीरे ज़मीन में आप ही गुम हो जाएँगी।

अरे गुम। चाँदनी चौक की दुकानों की तरहदारी पर कब्जा, पेशावर, कैम्बलपुर डेरागाजी खाँ, जेहलम, गुजरात, गुजराँवाला, लाहौर—जो कल तक खाली बोरियाँ बेच रहे थे—अब छोटी-मोटी दुकानें लगाए बैठे हैं। पटरी पर झल्ली या चारपाइयाँ धीरे-धीरे गायब हो रही हैं। अरे यह पिछड़े खूँख्वार—

दिल्लीवालों की ख़ास जुबान लाल किले और जामा मस्जिद की ऊँचाइयों से बहती हुई गली-कूचों में गूँजती है। पुराने वक़्तों से खिंची चली आती बारीकबीनी। हिन्दी और उर्दू में घुली हुई मुहावरों की तरह—हुकूमत के वाजिब हुकुम की इबारतों को सोखे हुए शहरी। रायसीना का संवाद रहा अंग्रेजी। देसी बोली हिन्दी का रजधनिया शोर अंग्रेजी के हाव-भाव से अनूदित। अपने इलाकों की ध्वनियाँ छोड़ निरी खड़ी बोली नई दिल्ली पर काबिज। हाँ अंग्रेजी अंग्रेजी है, हिन्दी हिन्दी है। पंजाबी कहता है, हिन्दी औरतों की भाषा है। वह उर्दू पढ़ता आया है। बंगाली और दक्षिण वालों के लिए हिन्दी पिछड़ों

की भाषा है। भाषाओं में भी एक-दूसरे को पछाड़ने की होड़ लगी है। जनता जनार्दन अपने नए-नए स्वाभिमान और आत्मविश्वास को प्रकट कर रहा है। स्वाधीनता की यह पवित्र ऋतु लम्बी सदियों के बाद अपने देश में लहराई है। इन्कलाबियों की हुब्बुलवतनी क्या यूँ ही भूल जाएँगे! बापू गांधी के सत्याग्रह न होते तो इमारतों पर तिरंगे कैसे लहराते!

भारतमाता की जय।

सिर पर के मोटे गाढ़े पग्गड़, देहाती धोतियाँ और मोचियों के हाथों बनी जूतियाँ—कनॉट प्लेस में ऐसे जोश में ज्यों उनके गाँवों के आसपास फैले खेतों को स्वराज मिला हो। देश के अलग-अलग रूप रंग आजाद आबोहवा में चमकने लगे हैं। गेहुआँ, गोरे, साँवले, श्याम, गहरे पक्के, बड़ी आँखें, छोटी आँखें, चपटी नाक-दूर-दराज की सन्तानें दिल्ली में नजर आने लगीं। गणतंत्र दिवस की झाँकियों को सजाने लगी। उद्दंड खुरदरे पंजाबी चमकती त्वचावाले जलतोरी खानेवाले दिमागी बंगाली। साँवले दक्षिणी अपने मिजाज में ऐसे कि वही हैं अक्लमन्द। सोच-समझकर जरूरी वाली बात पर ही मुँह खोलते हैं। गंगा-जमुनी पूरबिए—हाव-भाव में ऐसे जैसे पहुँचे हुए सयाने। लोक-परलोक दोनों की समझदारी। दिमाग चुस्त और जुबान दुरुस्त। मुँह में पान रखे आधा संवाद हावभाव से ही दूसरों तक पहुँचा दे।

पंजाबी ठीक इससे उलटा। एक बार मुँह खोले तो अपने बारे में सब उगल दे।

दक्खिनी—सबको शक्की नजरों से देखना और चुप रहना जैसे कुछ भी समझ न आ रहा हो।

बंगाली बाबू खड़केदार! बतियाना और पान खाना। नई दिल्ली के पुराने अंग्रेजों के जमाने के बाशिन्दे पहनने-ओढ़ने और बोलने में वही संक्षिप्त शिष्टाचार। राजधानी की भीड़ में अब वह अपने आपको खुद ही अलग नजर आते हैं। कुछ ऐसे जैसे कोई गुजरा हुआ जमाना चला आ रहा है। अकड़े हुए कालर पर टाई। कोई पुराने धूपछाँई मस्टर्ड कोट पर गहराते नीले रंग की जर्सी पहने हुए। कोई बड़ा साहिब अन्दाज में थ्री पीस सूट में लैस। इन सब पोशाकों को अंग्रेजी के साथ ही समुद्र पार भिजवा देना चाहिए था। अब शहर में फैल रहे हैं धोती कुरते—कुरते पाजामे और जवाहर जैकट! गांधी टोपियाँ।

इनसे ठीक अलग दीखनेवाली नौकरी धन्धा ढूढ़नेवालों की नई कौम। कुछ सरकारी नौकरियों के लिए हाथ पाँव मार रहे हैं। किसी की उम्र सीमा पार हो जानेवाली है, मगर इम्पलाएमेंट में नाम दर्ज नहीं। किसी को नौकरी मिल गई तो रहने की जगह नहीं। नौकरी पक्की नहीं तो बीवी नहीं। बीवी नही तो परिवार नहीं। खाने-पीने का इन्तजाम नहीं। पटरियों पर चलते हुए, बसों के रूट-नम्बर याद करते हुए कभी खोंचा छाबड़ी, कभी हलवाई की दुकान। पहाड़गंजी ढाबे सस्ते पर इतने भी नहीं कि रोज पहुँच जाओ। हाँ कभी माँ के हाथ का पराँठा याद आए तो पहुँचो चाँदनी चौक की पराँठेवाली गली। मूली, आलू, मेथी, बेसनी और भरवाँ चने के दाल का पीठी का पराँठा। सादा माँगो तो नमक अजवायन का खस्ता पराँठा। साथ दही और मक्खन। सिर्फ एक पराँठा और घंटों भूख न लगे।

मुँह का जायका घर का सा करना हो तो शीशगंज के सामनेवाली पटरी पर जलती सिगड़ी पर फुलाई जाती फुल्कियाँ, दाल और लाल मिर्च की चटनी। फुल्के पर लाल फूल देखकर अम्मा याद हो आए। पकवान नहीं फिर भी पंडित दाल अच्छी छौंकते हैं। असली घी।

घर परिवारों की सुरक्षित छाँव में से निकले लाडलों को इस पराए शहर में क्या-क्या न देखना होगा। बिकने को क्या नहीं बिक रहा। मगर पुलाव। गुच्छी पुलाव, सतरंगी पुलाव, मटन पुलाव, पूरी-कचौड़ी, चाट इमली, आलू की टिकिया, लाहौरियों के आलू छोले और छोले भठूरे। नौकरी के बिना क्या रास आए। किफायतशारी करनी जरूरी हो तो गुरुद्वारे शीशगंज। लंगर छकिए। रोटी उड़द की दाल और ठंडा पानी। तृप्त हो सीस नवाएँ और हल्वे का प्रसाद पाएँ। यहाँ नहीं तो फिर इरविन रोड शहरवाले मंगल को कनॉट प्लेस का चक्कर लगाते-लगाते पहुँच जाते रिवोली से आगे हनुमान मन्दिर। एक शाम हशमत पहुँचे स्टेशनरी के लिए धर्मदास धूमीमल पर। दुकान पर मिल गए सुशील सरकार और उनके साथ गुहा रे सरस्वती प्रेस कलकत्तावाले। गुहा रे और हम लोग एक साथ रंगून में थे यूनेस्को वर्कशाप में। गुहा रे साहिब ने गर्मजोशी में चाय के लिए आमंत्रित किया।

सुशील सरकार का चुनाव था वैंगर्स। सड़क पार कर कवैन्टर का छोटा सा कोना। तब कवैन्टर का मतलब दूध होता था। दूध-कार्नर साफ़-सुथरा। उसके साथ ही वैंगर्स के लिए कार्पेटेड-सीढ़ियाँ। माप और रकबे के हिसाब

से वैंगर्स एक बड़ा रेस्तराँ था। बहुत बड़ा हाल बैंड और डांस फ्लोर भी। पुराना अंग्रेजीपन देसीपन में बदल गया है। हाल में दाखिल होते ही मेज पर बैठे दीख गए मशहूर उपन्यासकार भवगतीचरण वर्मा। आँखों पर रिमलैस और सिर पर से गांधी टोपी गायब। टोपी मेज पर रखी थी और मेज पर बियर जगमगा रही थी।

टोपी क्यों उतार बैठे हैं।

वर्माजी खुद ही हँसे।

गुहा रे साहिब शाम का लुत्फ उठाने के लिए नेता लगना बिल्कुल भी जरूरी नहीं। हशमत और सुशील सरकार मिलकर खूब हँसे। नेताओं की नई नस्ल पर यह फब्ती।

किसी की मनाही है क्या? यह संकोच कैसा मोशाय!

वर्माजी अपनी मशहूर तर्ज में बोले—जनता अब गांधी टोपी पर आँख रखती है। वर्माजी क्या आप भी कुछ ऐसा कर रहे हैं कि आपकी ओर भी नजर उठे।

पी जो रहा हूँ।

बियर नशा नहीं—जौ का ठंडा पेय है।

—आइए-आइए—यहीं बैठिए।

वेटर ने तपाक से कुर्सियाँ खींचीं।

—आप कवि हैं आपको तो बहुत-सी बातों की छूट है। हशमत ने चुपके से चोर नजरों से सुशील सरकार की ओर देखा।

—मोशाय पब्लिकेशन डिवीजन में जरूर जोश मलीहाबादी को मिल चुके हैं।

गुहा रे साहिब ने वर्माजी को दोस्ती से खींचा—अब तो देश स्वाधीन है मौज मजे करिए।

वर्माजी ठंडे सरूर का मजा लेते रहे। वेटर ने मेज के इर्द-गिर्द अनोखा रुआब महसूस किया। टिप की गुंजाइश कम ही है फिर भी अच्छा है!

—साहिब बीयर?

—नहीं चाय।

—काफी।

हशमत ने आर्डर किया—टूटी-फ्रूटी। आइसक्रीम।

बैंड की उपस्थिति—शाम को रंगों के इन्द्रधनुष लहरा रहे थे। कुछ पाँव फ्लोर पर थिरकने लगे। क्या जगह है रेस्तराँ भी। यहाँ तक इस रूप-रंग में पहुँचते हुए न जाने कितनी सदियाँ लगी होंगी। क्या उतनी ही जितनी हमें आजाद होने में।

अन्दर दाखिल होते ही एक नई दुनिया—एक छोटा-सा नया अध्याय। बाहर की सब सिरदर्दियाँ गायब। दुःख-सुख, तरक्की, नफा-नुकसान दिल से बाहर। भले कुछ ही देर के लिए हो, मगर राहत। गाहे-बगाहे नौकरी धन्धे में मिलनेवाले मीमो—दूसरों की कृतघ्नता, कृतज्ञता, बेईमानी, चालाकी, ईमानदारी सब इसके फ्राइड हुए पकवानों में घुल जाते हैं। जेब की जितनी हैसियत—उसी के मुताबिक रेस्तराँ का चुनाव। शालीन, भड़कीले, सस्ते-महँगे अंग्रेजी कदमों के गाहे हुए। कीमती फर्नीचर और मुलायम कार्पेट में ख्वाबों और हकीकत को अपने में सजाए-बसाए हुए। वैंगर्स की साज-सज्जा न बहुत ऊँची और न भड़कीलेपन में सस्ती। हशमत ने पूरे हाल पर आँखें फिराईं। कम से कम दस-पन्द्रह गांधी टोपियाँ। अब है यह राष्ट्रीय जनपथ की जनतांत्रिक शक्ति।

बैंड से कोई फड़कती देसी धुन बजने लगी थी। शोखी से हर टेबल पर लहराने गूँजने लगी थी।

समय की नई वर्णमाला।

दिल्ली के पुराने नेता ओंकारनाथ साहिब बरामदे की ओर बढ़ते-बढ़ते मेज के पास रुके। वर्माजी से हाथ मिलाया। गुहा रे और सुशील सरकार से परिचय करवाया। ओंकार साहिब हशमत की ओर मुड़े—

—कैसे हैं आप? नकुलसेन साहिब की बहन के यहाँ मुलाकात हुई थी।

—गुहा रे साहिब, आपके सरस्वती प्रेस से अजन्ता का पोर्टफोलियो बहुत सुन्दर निकलता है। और कीमत सिर्फ दस रुपए।

—जी हाँ पोर्टफोलियो पर तीन सौ के करीब खर्चा बैठा है।

अपनी सरकार है। कुछ तो अनोखा करेगी। नए दृश्य में पुरानी विरासत के रंग भरेगी। उपन्यासकार भगवतीचरण वर्मा अपने अधभरे गिलास में कोई भूले-बिसरे चित्र देखने लगे।

फिर एकाएक अपनी गांधी टोपी उठा सिर पर रख ली।

सब लोग एक साथ हँसे। वर्माजी नए नेता की तरह खूब जँच रहे हैं।

—गुहा रे, पुराने वायसरायों के जाते अब यही हमारा नया इतिहास है।

—आप कुछ भूल रहे हैं वर्माजी। एक तो हुई आपकी यह गांधी टोपी और दूसरी है जवाहर जैकेट।

हशमत ने एक शरारती नजर डाली गुहा रे और सुशील सरकार पर—धोती का जिक्र क्यों नहीं साहिब। वह कहाँ गई?

—वह कहीं नहीं गई। अब वह दिल्ली पहुँच गई है।

—गुहा रे साहिब आप प्रधानमंत्री को मिलने चूड़ीदार और शेरवानी में जाएँगे क्या?

गुहा रे साहिब ने अपनी मूँछों को अजीब-सी फुरकन दी—नहीं, नहीं वर्मा बाबू—मैं बंगाली हूँ। धोती-कुरता में ही मंत्री मोशाय को मिलने जाऊँगा।

वर्मा जी हँसे।

गुहारे बाबू—मंत्री मोशाय नहीं—मंत्री महोदय कहना होगा। अब तो थोड़ी-थोड़ी हिन्दी सीखना होगा।

—पहले सुनीति कुमार चटर्जी से पूछूँगा भगवती बाबू!

तब और अब की सड़कें

अंग्रेजों द्वारा बनाई, बसाई और सजाई गई नई दिल्ली का इन दिनों देसीकरण हो रहा है।

खुली चौड़ी सड़कों पर तारकोल की धूपिया चमक मन्दी पड़ रही है। कभी इन सड़कों को साफ़-सुथरा रखने के लिए सुबह-शाम टैंकरों से धुलाई हुआ करती थी। दिन की धूप और रात की चाँदनी में ग्रे के अलग-अलग शेड चमका करते। सड़कों के साथ लगी पैदल पटरियाँ पेड़ों की छाँह में इतराती। लाल गुच्छोंवाले हरियाले हरियाते पेड़। क्वार्टरों और बँगलों के आगे चौरस लम्बे हरे-भरे लॉन। मोटे पाइप के खुले पानी में भीगे हुए।

और अब—

सड़कों पर छाबड़ियों के पत्ते, इश्तिहार कूड़ा-कचरा हवा में उड़ता फरफराता रहता है। कहाँ गई सफाई करनेवालों की कतारें। हाथ में पीठदार मोटे झाड़ू पकड़े एक बँधी लय में सड़कों को बुहारते सरकारी सफाईगीर। यहाँ-वहाँ लगे लोहे के कूड़ेदान कहाँ गए। शायद रातों में चुरा लिए गए। जनता-जनार्दन आजादी का त्योहार मनाने के चाव में मस्त-व्यस्त है।

हिन्दुस्तान ज़िन्दाबाद।
भारत माता की जय।
महात्मा गांधी की जय।

कनॉट प्लेस के बरामदे मध्यवर्गीय सफ़ेदपोशों से भरपूर और सामने की पटरियों पर दिल्ली देहात के सयाने चौधरी, नौजवान और बीरबानियों के

झुंड के झुंड नजर आते।

भारत के विभिन्न प्रदेशों से आया ग्रामीण संसार हाथ के बने मोटे खुरदरे जूतों में और सिर की पगड़ियों में चलता-फिरता ऐसे दीखता जैसे इतिहास की पिछली सदियाँ अपनी पगड़ियाँ बचाए, भारत की स्वतंत्र राजधानी देखने आई हों। सड़कों के बीचोबीच पड़े आईलैंड औचक-भौचक इस जनता के जलूसों को ताके चले जाते हैं। कभी सड़कों पर चलते अधमैले वजूदों को, कभी कचरे को रौंदते जाते पैरों को। उनके ऊपर कोई नया-सा वक़्त झिलमिला रहा है। गोलाकार बनी क्यारियाँ पहले सी ताजातरीन नहीं—माली की खामोश हलचल क्या सचमुच पहले की-सी नहीं है। कनॉट प्लेस के पिछवाड़े की वीथियों में पड़े कचरे के ड्रम ऊपर तक भरे फरियाद कर रहे हों—उठा लो, निकाल ले जाओ कूड़े-कचरे को ताकि कुछ देर को साँस ले सकें। क्या कूड़ा गाड़ियाँ अंग्रेज अपने साथ ले गए! पुराने टोकरे, झाड़ू क्या हुए!

सब्र रखो कूड़े महाराज नए टैंडर मँगवाए जाएँगे, तभी यह इन्तज़ाम ताजा होगा।

एक दोपहर खरीदारी के बाद घर लौटते गर्मी के भभके से गला सूखने लगा। एल्प्स का गेट सरका अन्दर मेज की ओर बढ़ते हुए एक भारी-भरकम सा चेहरा। अकसर इन बरामदों में दीख जानेवाला। शारदा अकिल स्कूल के अन्दर आने-जानेवाला बंगाली धोती-कुर्ता और मुखड़े पर चश्मे की काली फ्रेम। सुशील सरकार। हमने उनके मेज के आगे वाली कुर्सी खींची। दोनों ओर खामोशी से सिर हिले और फिर परिचय की मुस्कराइट। हमने ऑर्डर दिया—विमटो—खूब ठंडी।

—आपकी प्रदर्शनी को देखने का मौका मिला।

—हाँ आप गुहा रे साहिब के साथ थे—जी।

आपको अक़सर यहाँ से आते-जाते देखता हूँ।

जी अपना घर इधर ही है—अतुल ग्रोव में। दो एक बार 'शारदा' आर्ट स्कूल में भी देखा है आपको—क्या एडमिशन हो गई?

—जी नहीं, मन तो बहुत था पर मौका हाथ से खिसक गया।

—ओह।

सुशील सरकार साहिब आप क्या पब्लिकेशन डिवीजन में हैं—अकसर आपको 'पुलमैन' में देखा है। जोश मलीहाबादी साहिब भी तो वहीं हैं।

—हाँ—वहीं ओल्ड सैक्रेटेरियट।

—जी हाँ।

विमटो गिलास के नीचे जा लगी थी।

—अच्छा—सरकार साहिब से इजाजत ली और शॉपिंग बंडल उठाकर बाहर।

वह भी क्या दिन थे

वह दिन भी क्या दिन थे। राजधानी दिल्ली के गुंजान मौसम हर किसी से आँख-मिचौनी खेलते! कभी यह रहे, कभी वह गए। कभी गर्म कपड़ों में उजागर होते कभी उन्हें ओझल कर पतले ठंडे हल्के कपड़ों से अपनी आमद को प्रकट करते। राष्ट्र की राजधानी के मनचले मौसम समय के पंखों पर उड़ान भरते जा-जा हवाओं से गले मिलते। गुलाबी सरदी, गहराता जाड़ा, बसन्ती बहार गरमी, बरसात फिर घिर आता सुथरे हरे-भरे शहर पर नीला निथरा आकाश। लुकन-छिपन खेलते-खेलते हवाओं के तापमान बदल जाते। दोपहर के दोरंगे शेड्स सड़कों, पटरियों और हरे घास के टुकड़ों पर पसर जाते। और इन्हीं दिन-रात के अक्सों में बरस-दर-बरस तारीख़ और सन के कैलेंडर बदल जाते। हफ्तों से महीने, महीनों से बरस और बरसों से दशक। हर तारीख़ के अखबार पढ़े जाते और उनके पुराने ढेर को फलाँग अदृश्य तागों में गुँथे वक़्त के तेवर जाने कहाँ सरक जाते!

पैदल चलनेवाले दोपाए समझते हम अपने कदमों पर चल रहे हैं। कोई खामोशी से छूकर कहता है—ख़बरदार—तुम नहीं तुम्हारा वक़्त चल रहा है। महसूस नहीं कर रहे—पाँव तले की ज़मीन तुम्हें पल-पल आगाह कर रही है। बेशक ख़्वाबों के लिए आसमानों की ओर देखो मगर तलवों से लगी इस धरती को न भूलो।

अब इस आजाद धरती की कीमत पहले से कई लाख करोड़ गुणा है। यह रफ़्तार देश ने ख़ुद अर्जित की है। अब यहीं रोजी-रोटी की बरकतें बढ़ेंगी। गृहस्थियाँ सजेंगी। सम्पन्नता अपने नागरिक को चुनेगी। हाँ राजधानी के परायेपन को दिल से न लगाओ। राजधानियाँ कभी कस्बों और छोटे

शहरों की तरह सगी नहीं होतीं। याद रखो यहाँ पुरज़े के तौर पर जिस मशीन में डाले जाओगे, उसी के साथ चलते जाओगे, अब धीरज से यहाँ के मौसम को साधो! इसका जाड़ा तक तारकोली सड़कों को गरमाता है। करीने से बने बंगलों की कतारें और उनकी दीवारों से झाँकती बुगनबेलिया की नाजुक जानदार बेलों से लटकते गुच्छे—गुलाबी, लाल, सफ़ेद पीले हवाओं से अठखेलियाँ करते। झूल-झूल, झूम-झूम उठते। और इस सबको सगेपन से निहारते ऊँचे घने नीम जामुन इमली और गुलमोहर। हर सड़क की अपनी ही छटा है। कब इमली की फलियाँ इतराने लगें, कब जामुन का टपका बौछार कर दे, कब कचनार के पेड़ प्रकट हो जाएँ, कब पलाश चमकने लगे, कब हेली रोड के अमलतास दहकने लगें और पंखोंवाली सन्तानें फुर-फुर उड़ती पेड़ों की घनी छाँव में अपने-अपने बसेरों में जाकर दुबक जाएँ।

ट्रैफिक आइलैंड के किनारे दमकती रंग-बिरंगे फूलों की सजीली क्यारियाँ अपने में इतनी मस्त कि ट्रैफिक शोर को हवाले कर दें पुलिस की वर्दी को। हरी-हरी घास में धूप सेंकती रहें। उड़-उड़ हवाओं से खेलती रहें।

देखो-देखो उन हाथ पाँववालों को, आँखों के साथ-साथ उभरे नाकवालों को—भला इन्हें क्या जल्दी है कनॉट प्लेस पहुँचने की। क्या जरूरी है कि हर शाम वहीं पहुँचें और वहाँ की गहमागहमियों को हमारे चुग्गे की तरह चोंच मारें। एक दूसरे के सामने बैठें बतियाएँ। हाथ-पाँववालों की नस्ल को क्या पता पंखों पर उड़ना क्या होता है। और क्या होता है हवाओं में फुदकना। दिन-भर उड़-उड़ पेड़ों पर बने अपने घोंसलों में जा दुबकना।

राजधानी में आ बसे पाखियों के झुंड के झुंड सच ही तो कहते हैं। इन्हें यहाँ रहने की आदत पड़ गई तो भरतपुर की सैंक्चुरी में क्यों जाएँगे। क्यों न यहीं रहकर नखरेवाले रजधानिया पखेरूओं के दल कहलवाएँ। राजधानी का ठप्पा इतना सस्ता नहीं। अब तो इनके लिए जंगल नहीं दिल्ली ही मंगल है। पखेरू कुनबा हाथ पाँववालों की तरह इतना बेगैरत नहीं कि दिल्ली में रोज़ी-रोटी कमाएँगे मगर गुणगान अपने-अपने गाँव कस्बे और मुहल्लों का ही करेंगे। मौका मिलते ही इस शहर पर सौ-सौ लांछन लगाएँगे। यहाँ का रसायन ही कुछ और है। सिवाय कुर्सी के और किसी को पहचानता नहीं, कुर्सी वालों का एक बड़ा कुर्सीखाना है यह शहर।

हम पखेरू तो क्यों शरमाएँ यह कहने में कि हमें तो दिल्ली भा गई।

यहाँ की लगन लग गई। हम तो यहीं जीएँगे! दोपायों की यह इन्सानी सन्तान हमारा मुकाबला क्या करेगी। एक-एक कदम की भरान भरनेवाली। लम्बे सफ़र में थकनेवाली।

बस। चोंचोंवालों पखेरुओं ज्यादा मुँह खोलने की ज़रूरत नहीं। तुम वह नहीं हो जो हम हैं। तिनकों के घोंसलों के बिना भी क्या कुछ बना सकते हो! हमने सारी दुनिया में क्या से क्या नहीं बना दिया। आसमानों को मापते और समुद्रों को फलाँगते विमानों तक। समझे, अब ज़्यादा बोलने की ज़रूरत नहीं। तुम अपने पंखों पर हो। हम वह हैं जो हम बनना चाहते हैं। हमने कनॉट प्लेस बना ली, गोलाकार, क्या तुम भी कुछ ऐसा कर सकोगे!

नहीं न! गम न करो—पेड़ों की सगी टहनियों पर बनाए रहो अपने घोंसले। तुम्हारी कांस्टिट्वेंसी वही है। यहीं टिके रहोगे तो बाद में बहुत काम आएगी। पक्षियों की बड़ी अम्मा और बाबा बोले—क्या हमारे भी राशनकार्ड बनेंगे!

—ख़ामोश! हमारे अधिकारों पर आँख न रखना, यहाँ से खदेड़ दिए जाओगे। पखेरू बिरादरी रात से पहले-पहले अपने सरदारों के अड्डे कीलिंग रोड के पुराने पेड़ों पर जा बैठी।

बौड़म इन्सान कहीं के। कपड़ों से लदे-फदे। हमें क्या डराएँगे। हम पर वार किया तो हम तो यूँ फुर्र से उड़ जाएँगे।

दिल्ली का शहरी पुराना सफ़ेद पोश सही शर्ट और सही जूतों में जैसे ही कनॉट प्लेस के बरामदों में दाखिल हुआ—कदमों ने रफ्तार पकड़ ली। दस मिनट अभी और हैं। दिल-दिमाग में कुछ हल्कापन महसूस हुआ। शाम में दिन की सिरदर्दियाँ और न रात के साथ उतरनेवाली सरगर्मियाँ।

वोल्गा।

दरबान ने सलाम बजाया और हैंडल घुमाकर साहिब के प्रवेश पर मोहर लगा दी। कीमती कार्पेट। नीचे पाँव को गुदगुदाता रबर। भड़कीले फर्नीचर पर सादे सूफ़ियाना रंग की टैपस्ट्री। बत्तियों की तीखी जगमगाहट को मद्धम करते काँच के दूधिया शेड। स्मार्ट वेटर। कुर्सी खींचते ही वेटर ने झुककर विनम्रता का इज़हार किया।

पानी का गिलास सामने।

अब मीनू!

आर्डर।

साथ के टेबल पर ठिठका रहा, खामोश हवा में खो जानेवाला संवाद!

दो मुखड़े। एक अपने बेटे सा और दूसरी अपनी बेटी सी दमकती लड़की। लगा कहीं कुछ हुआ है इन दोनों के बीच।

शायद कोशिश से सुविधा में ढाल लेने की भरसक कोशिश करता एक अजीब परायापन दोनों ओर से झाँकता।

—सो अब मैटकाफ़ हाऊस की तैयारी है।

—हाँ।

—उत्साहित हो।

—हूँ, पर इतनी नहीं! तुम साथ होते तो कितना अच्छा होता।

वह देर तक पुरानी निकटता और नई दूरी की मिली-जुली नजर से उसे देखता रहा। गुज़र चुके गहरे रागात्मक लगाव दोनों के चेहरों पर भुनभुनाते रहे। पहलेवाली निकटता और ताज़गी मैटकाफ़ हाउस के नाम से ही क्यों गुम हो गई—मुझे विश्वास है कि तुम अगली बार ज़रूर क्वालिफाई कर लोगे।

वह अब भी कुछ बोला नहीं।

लड़की ने सोचा क्या इतना गहरा धक्का है। पूछा—भुवन कुछ आर्डर करें।

—हाँ क्या लोगी!

वह हँसी। —क्या इतनी जल्दी भूल गए।

इस बार वह खुलकर हँसा—

—याद रखने को बाकी अब रहा ही क्या है।

वह उठा और सुविधाओं की ओर बढ़ गया। लौटा तो चेहरे पर कुछ ताज़गी थी और हाथों में पनीले साबुन की गन्ध।

वह चहकने लगी।

—आज मैं तुम्हें ट्रीट दे रही हूँ। देखते हैं मेरा चुनाव तुम्हें कैसा लगता है। वह बेवजह हँसने लगी थी और वह सकारण ख़ामोश था!

—फ्राइड-फिश।

—और

—काफी चीज़ सैंडविच।

—नहीं, नहीं। मेरे लिए फ्राइड-फिश नहीं। मैं कॉफ़ी ले रहा हूँ। उसने

दिलासे के लिए कोई पुरानी चहेती आवाज़ दी—भुवन कैसी बातें कर रहे हो!

—देखो मौसमी क्या तुम सच में नहीं समझतीं। हम दोनों का निकटतम अध्याय ख़त्म हो रहा है।

—अगली बार तुम जरूर मैटकाफ़ हाउस पहुँचोगे। उसने रिज़ल्ट निकलने से पहलेवाले प्यार से लड़की की ओर देखा और उसकी प्लेट से उठाकर एक फ्राइड पटेटो का टुकड़ा मुँह में डाल लिया।

उदास दिल को चुपके से उभारा, मेरी दोस्त यह कह रही है। क्या पता इसका कहना ही सच हो जाए।

बिल के लिए लड़की ने हाथ बढ़ाया।

—नहीं। ऐसे क्यों कर रही हो।

—मैं तुम्हें ट्रीट दे रही हूँ।

—क्या इसलिए कि प्रशासनीय सेवा में चुन ली गई हो।

—ओह—

वह तमककर उठी।

भुवन तुम हर बात को ग़लत समझने लगे हो।

—भुवन ने खीझकर कहा—तुम अपनी आँखों का गरूर तो नहीं देख पा रही न!

लड़की ने कन्धे को झटका दिया और आज से पहले के कई मौसम खामोशी से उतार परे फेंक दिए।

अपने साथ-साथ तुम दूसरों को भी सता-ऊबा रहे हो!

दोनों के बाहर जाते ही साथ के टेबुल पर चौकस कान सुस्ताने लगे और आँखों के सामने बड़ा बेटा आ खड़ा हुआ। मैटकाफ़ हाउस। क्या वहाँ पहुँच सकेगा! आज राव स्टडी सर्कल से इंफार्मेशन लेनी होगी उसे कोचिंग की जरूरत है। इस में तैर जाने के सिवाय बेटे का और क्या भविष्य हो सकता है।

प्रशासनीय सेवाएँ—

वह मन ही मन अगले साल के रिज़ल्ट में अपने बेटे का नाम खोजने लगा कि मेज़ पर उसका आर्डर आन सजा।

साथ की मेज़ वाली जोड़ी की परछाइयाँ फ़ाटक से बाहर हो चुकी थीं।

उसे लगा रेस्तरां सूना हो गया है। नहीं-नहीं—वह दिल में छिपे-लुके

किसी पुराने हादसे को देख रहा है। बरसों पहले उसका नाम प्रशासनीय सेवा 'बी' में आया और मंजू का शामिल था प्रशासनीय सेवा की पहली सूची में।

एक साथ ज़िन्दगी बसर करने के सब ख़्वाब चकनाचूर हो गए थे। टूटे हुए काँच के टुकड़ों को जतन से समेट कर उसने पिछले दिनों के रिकार्ड में डाल दिया। और इतने बरसों बाद आज वही शाम याद हो आई। क्या दिन थे।

वह लगाव और तनाव आई.ए.एस. की परीक्षा से कम नहीं थे। वह ताजे दिन हाथ से खिसक गए और वह अलग-अलग नए मौसमों के साथ फिसलने लगे। दोनों एक साथ हाथ से लुढ़क गए। बरसों मन ही मन मनाता रहा कि ऐसी पोस्टिंग न मिले कि उसके अंडर काम करना पड़े।

उसने अनजाने ही चाय में चार क्यूब डाल दिए। यह याद ही न रहा कि उसे 'चीनी' मना है।

उस याद को अब तक सँजोए रखना भी इतना बुरा तो नहीं।

वह एक अच्छी लड़की थी।

शायद कभी कनॉट प्लेस के बरामदों में भेंट हो जाए।

एक शाम

एक शाम।

कनॉट प्लेस के आसमान पर खासे गहरे बादल घिरे थे। हशमत बारहखम्बा रोड पार कर बरामदों में टहलते हुए हैमिल्टन ब्लाक में बी.ओ.ए.सी. के फ्रेट काउंटर पर जा पहुँचे। छोटी बहन के जन्मदिन पर मैलबर्न उपहार भेजना था। पैकेट काउंटर पर दिया। सामान चैक हुआ। वजन किया गया। फ्रेट चार का भुगतान कर दिया गया। कालम में नाम, पता, फोन सब दर्ज कर दिया। रसीद ली। पैसे उम्मीद से कम लगे थे। सोचा ऐसे सुहावने मौसम में वैंगर्स नहीं वोल्गा! नया रैनोवेट हुआ है! वहीं।

सड़क पार की। रामकृष्ण पर गलगोटिया में झाँका। पत्रिकाओं के कुछ पन्ने पलटे और इत्मीनान से वोल्गा की ओर बढ़ गए। अब तक गहरी झड़ी लग चुकी थी।

मनपसन्द टेबल पर कब्जा करने की खुशी। बाहर तेज बारिश। वेटर ने सामने बरामदों की ओर लगे काँच के चौड़े पल्लों पर से पर्दे खींच दिए थे। काँच में से पानी की बौछार दीखने लगी थी। हाथ में मीनूकार्ड पकड़े बाहर देखा। तेज बारिश, बरामदों से बाहर छाते खुल चुके थे। सर्दी के मौसम में झम्मा-झम्म यह पानी। स्मृतियों को उकसानेवाला बरसाती मौसम।

—साहिब, चाय कि कॉफी। हशमत मीनूकार्ड पर नज़र जमाये रहे। सामने रख दिया गया पानी का गिलास। संकेत से कहा—अभी रुकिए।

चन्द मिनटों में वेटर की तजुर्बेकार निगाह से सन्देश फ्लैश हुआ।

हशमत की ओर से कोई प्रतिक्रिया नहीं। समझ लिया कोई न कोई झाँककर गए हैं। ख़ामोशी से इतना ही कि दोस्त का इन्तज़ार कर लेने में कोई

हर्ज नहीं। जितने में वेटर दुबारा आए हशमत ने अपने लिए चुनाव को वक़्त दिया। चीज़ बाल, चाकलेट, पेस्ट्री और चाय।

वेटर के कदम उठाने से पहले आँखें प्रवेश द्वार की ओर घूमीं और इसके साथ ही दाखिल हुए हशमत के दोस्त और सहकर्मी माथुर साहिब। दोनों ओर से चिर-परिचित मुस्कानें परिचय और निकटता की।

हशमत ने हाथ से संकेत किया—बैठिए।

दस मिनट पहले भी झाँका था। तब आप यहाँ नहीं थे। बी.ओ.सी. और कवेटास काउंटर पर पूछा—.मालूम हुआ आप पार्सल जमा करवाने गए हैं। लौटकर यहाँ देखा—फिर एम्बैसी तक जाकर यहीं लौटना ठीक समझा।

हशमत हँसे—माथुर साहिब यह अभ्यास कम पुराना नहीं। श्यामली आप ही के बैच में थीं—आपकी दोस्त के दीदार हशमत को भी हुए थे। भीमताल डाक बँगले में उनकी नई शादी के बाद।

माथुर हँस दिए—अगले को कोई दूसरा पसन्द आ ही जाए तो बताइए हम क्या करते। छोड़िए।

आपके लिए जरूरी बात यह कि आपके दोस्त कार्णिक इस वक़्त आपकी इन्तज़ार में गौरीशंकर के साथ गे-लार्ड में बैठे हैं।

—क्या मज़ाक है। बिना पूछे दूसरों का प्रोग्राम तय करते हैं कार्णिक।

आपके आफिस से निकलने के बाद कार्णिक का फोन था। कल वापस बम्बई जा रहे हैं और आपसे मिलने को बेताब थे। इधर-उधर करने की कोशिश की मगर हजरत टस से मस न हुए। कहा घर का पता दीजिए। समझाया—हशमत कनॉट प्लेस के लिए निकले हैं। उन्हें ढूँढ़ना मुश्किल ही होगा।

माथुर मुस्कुराए।

कार्णिक ने कुछ ऐसा कहा कि उसकी मदद करनी अपनी मजबूरी हो गई।

—मजबूरी!

यही समझिए। कार्णिक के चेहरे पर कुछ ऐसी खूबसूरत बेचैनी देखी जैसी आप में अपना दामाद ढूँढ़ रहा हो।

हशमत ने वेटर को इशारा किया। अगर आर्डर निकला न हो तो कैन्सल कर दें प्लीज़।

—जी!

मनपसन्द टेबल से उठते हशमत कुछ उखड़े। अपने साथ क्या खूबसूरत शाम होती। लिहाज़दारी में छीन ली गई।

—बारिश तेज है—किधर।

कार्णिक और गौरी शंकर गे-लार्ड में इन्तज़ार कर रहे हैं।

—गे-लार्ड।

—यार हम जैसों को गे-लार्ड की महँगी शाम का क्या मतलब। आप चाहें तो वहाँ से खींच लाने की कोशिश की जाए। चाइनीज के लिए सुझाव दें।

पर इस मौसम में इधर-उधर भटकने से फ़ायदा।

—छोड़िए फिर निमंत्रण उनका है। उनकी शाम है। अपनी पसन्दीदा जगह का चुनाव करने का उन्हें हक है।

गे-लार्ड। बेहद कीमती। दौलतमन्दों का आत्मविश्वास और अभिजात्य एक साथ।

आर्डर। टेबल पर चुनिन्दा पकवान।

कार्णिक हम लोगों को लेकर क्यों इतने दिलफेंक हो रहे हैं। आखिर विज्ञान भवन में एक संगोष्ठी में एक साथ हिस्सा ही तो लिया था।

हशमत अतिथि होकर कार्णिक की बातचीत सुन रहे हैं। वह रायसम और जर्मनी की डॉक्टर लीबेक की साक्षरता प्रणाली पर बात कर रहे हैं। हशमत और माथुर अतिरिक्त ध्यान दे रहे हैं और गौरी शंकर साहिब आँखों और कानों को अलग-अलग बाँट कर शाम का मज़ा ले रहे हैं। उन्हें पहचान कर दो-चार आदाब किए जा चुके हैं। बीच-बीच में मुस्कुराहट के साथ हशमत और माथुर संकेत देते हैं—ठीक रास्ते पर चलते जाइए! आज शाम के इस वक़्त पर बड़ा टैग लगनेवाला है।

कार्णिक के लिए हम सभी अच्छे श्रोता हैं। दूसरों को सुनने की तालीम रखते हैं।

डैज़र्ट। सूफले—कॉफी आइसक्रीम चौकलेट—

एकाएक कार्णिक कुछ और से हो उठे।

हशमत की ओर झुके।

—उस कार्ड के लिए बहुत-बहुत धन्यवाद जो संगोष्ठी में मुझे आपने दिया था।

माथुर शरारत से गौरी शंकर साहिब की ओर देखने लगे।

देखिए—बम्बई लौटकर वह कार्ड मैंने अपनी पत्नी को दिखाया। ड्राइंग में आपने एक लड़के की तस्वीर बनाई थी। बेबी बॉय। हमारे यहाँ दस बरस से कोई सन्तान नहीं थी। हम दोनों बड़े चाव से कार्ड को देखते रहे। फिर उदास हो गए। मित्रो, ठीक दस महीनों के बाद हमें पुत्र हुआ।

बजती धुनें हर टेबल को छूकर गे-लार्ड के बड़े हॉल में गूँजती रहीं। ख़ामोशी से चुपके-चुपके हम तीनों से पूछती रहीं—इस शाम का जुड़ना भी विस्मयकारी और सुखद।

टेबल छोड़ने से पहले कार्णिक ने कहा—मित्रो ठीक है। मेरी पत्नी और मेरी ओर से आज का निमंत्रण इसीलिए।

हम सभी ने गर्मजोशी से बधाई दी।

वाह क्या शाम है। और क्या बात। इस जश्न की। काश कि मिसिज़ कार्णिक और बेबी कार्णिक भी हमारे साथ होते।

कार्णिक साहिब मिसिज़ कार्णिक और बेबी कार्णिक के लिए बहुत-बहुत शुभकामनाएँ। कनॉट प्लेस की मार्केट बन्द हो चुकी है। कार्णिक साहिब उपहार की भी सुविधा नहीं है।

गौरी शंकर साहिब ने अपने ही अन्दाज़ में एकसाथ चिकना और सूखा कहकहा लगाया। कुछ ऐसे ज्यों शाम की मजलिस को आगे बढ़ाते हों।

फिर कहा—अगली खुशी पर दोनों को एक साथ भेंट कीजिए। कार्णिक साहिब अब तो यह सिलसिला जारी रहेगा न।

बाहर रोशनी में भीगी सड़कें खूब चमचमा रही थीं। गे-लार्ड के छह फुटिया दरबान ने सलाम किया।

गुडनाइट सर!

गुडनाइट!

पुत्रवान पार्टी।

पुत्रवती पार्टी—पुत्रवान शाम।

उस ड्राइंग को लड़की भी समझा जा सकता था। वह एक बच्चे का अंकन था।

सौभाग्यवान कार्णिक दम्पति।

कृतियों का तम्बोला

कनॉट प्लेस के बरामदे और उसमें सजे सजीले रेस्तराँ खूब देखे। खूब देखे और खूब गाहे। ढाबों की बारी भी पीछे नहीं छूटी। कायदे की गुफ्तगू—जरा ऊँचा संवाद, वाद-विवाद, बहसें, अदबी विरोध, लड़ाई-झगड़े इतने हुए कि देखते-देखते पीढ़ियाँ सरक गई। पक्की-अध-पक्की आवाजें हल्की पड़ गईं। आधे से ज्यादा मुलायम गलियारों में खो गईं। ऐसे गलियारों में साहिब पढ़ने-लिखने का वक़्त नहीं मिलता। सिर्फ—साहित्यिक कृतियों का तम्बोला खेला जाता है। लेखकों और पाठकों की दोरंगी पीढ़ी बुढ़ा गई लगती है। कुछ मुलायम गलियारों में जा पहुँचे, कुछ कड़ियल विचारधाराओं की पटरियों पर स्थित हो गए। वक़्त ने भी ऐसी विभक्ति की कि लेखक साहित्य से कतराकर विचारधाराओं में जज्ब होने लगे।

पुरानी खुली नजरें एक-दूसरे से कतराने लगीं। ताजे ऊर्जावान चेहरे 'हिन्दी' अफसरी की भेंट हो गए। विभिन्न क्षेत्रों के कस्बे, शहरों से लोकतंत्र को जोड़ती हिन्दी प्रदेशों की पहली सीढ़ी विभिन्न विभागों को सौंप दी गई। हिन्दी अफसरी की भेंट। रेडियो स्टेशन, मंत्रालयों में मंत्रीजी के निजी सचिव—अपने-अपने इलाके से विश्वासपात्र। फाइलों की आवाजाही से लेकर घर-बाहर के सामान तक का बन्दोबस्त उन्हीं की निगरानी में। कितना, क्या और क्यों इसका जाहिरा और चुपीता हिसाब-किताब भी उन्हीं के जिम्मे। अब साहित्य कहाँ है। मौजूद है हिन्दी अफसरों के विभागों से चालू कैंटीन के चाय के प्यालों में।

हिन्दी अफसरों के बेटे, भतीजों और होनेवाले दामादों को इस शृंखला से पहले राजधानी में साहित्यकार मौजूद थे—सुमित्रानन्दन पन्त, भगवतीचरण

वर्मा, दिनकर, बालकृष्ण शर्मा 'नवीन' जैसे महारथी और अब उपस्थिति थी हिन्दी अफसरों के कुलीन अस्तित्व की लोकतंत्र की नई नियमावली और पुरानी मर्यादाओं की। दिल्ली वालों के यहाँ सुनने में आता—यार बाहर से आकर शिक्षकों के भाई-भतीजों ने तो दिल्ली की कुर्सियों पर कब्जा कर रखा है।

दिलजले कहकहा लगाते—ब्रादर आजादी के मेवे बँट रहे हैं। यह लोग जहाँ भी जाएँ इन्हें अपने चचा, ताऊ, मामा, मौसा का आरक्षण प्राप्त हो जाता है।

—हमें तुमसे हमदर्दी है यार। पहला हाथ तो मार गए बाहर से आए शरणार्थी और दूसरा यह छोटे-मोटे अहलकारों के गुच्छे। फिर भला बाकी क्या बचनेवाला है हमारे लिए!

दफ्तर की दफ्ती

ब्रांच में कुछ हलचल थी। जौहरी को हायर-ग्रेड मिला था। ब्रांच-भर को चाय पिलाई गई। गर्म-गर्म गुलाब जामुन और समोसे।

चार के करीब जौहरी ने अपने दोस्त सहकर्मियों को खाने की दावत दी।

कहाँ जाना पसन्द करेंगे। मोतीमहल कि ख़ैबर पास।

ख़ैबरपास पर सहमति हुई। आज तो वहाँ का तन्दूरी चखा जाए। तारीफ़ तो बहुत है ख़ैबरपास की। बस में भीड़ होगी। पैदल ही चलेंगे।

रेस्तराँ में पहुँचकर फिर दफ्तरी बातचीत शुरू हो गई।

आजादी के बाद तो हवाओं का रुख ही बदल गया है। भाई, भतीजा, चचा, मौसा सब एक-दूसरे की रिश्तेदारी निभाने पर लगे हैं।

शंकर बोले—चलो जौहरी तुम्हारी प्रमोशन इसलिए वक़्त पर आ गई कि तुम्हारे नीचे वाले का नम्बर भी जल्दी लगे।

जौहरी ने बड़ी सँभली आवाज में कहा—

—सिनियरिटी के हिसाब से मेरा हक बनता है यार, वक़्त पर मिलना ही था।

—इस ग़लतफहमी में न रहो जौहरी। हमारे प्रदेशी साहिब ने दो नाम प्रोपोज किए थे।

जौहरी कुछ झकझकाए कि माथुर बोले—

—यार हम सही रेस्तराँ में आकर बैठे हैं। आज की दावत दोहरी है। कौंफिडेंशल का चक्कर शुरू कर दिया जाता तो अगला नाम लपककर ऊपर आ जाता। किसी प्राइवेट फर्म सेक्टर में कभी काम किया होगा भाई ने।

साहिब उसे भी ऊपर ले आना चाहते थे।

मगर अपने एडमिनिस्ट्रेशन से कड़ा नोट गया। फाइल महीनों घूमती रहती। चलो उससे तो छुट्टी हुई। जौहरी साहिब अब इत्मीनान से मीनू मँगवाइए और अपनी पसन्द का ऑर्डर कीजिए।

नहीं साहिब पसन्द तो आपकी होगी—

चिकन तन्दूरी

टिक्का तन्दूरी

मटन पुलाव

दाल मक्खनी

और

तन्दूरी पराँठा

सबकी सहमति।

साहिब पीने के लिए—

क्या दोगे!

बियर—

चलेगी।

ख़ैबरपास पर लतीफी प्रेस की बड़ी इमारत की बात होने लगी।

वह तो शरणार्थी प्रापर्टी है। उससे ही लगी दुकानों का हाल देखो। कभी यह सिविल लाइंस की बढ़िया मार्कीट मानी जाती थी। आज उसका खस्ता हाल देखो। यह लगे कि इमारत अभी गिरी कि अभी गिरी। पाकिस्तान से आए लोगों ने कब्जा कर रखा है।

माथुर बोले—इसकी असली वजह कुछ और है। जोरावर सिंह परिवार की जायदाद है। जमानों से प्रापर्टी टैक्स का भुगतान नहीं किया गया। नावां इतना बढ़ चुका है कि कोई इसकी मालिकी ही कबूल नहीं कर रहा। रिफ्यूजी भाई अपने रह रहे हैं। नीचे सौदा सुलफ़ बिक रहा है। दिलचस्प बात यह है कि ठीक इसके सामनेवाली पटरी पर एक पुराना माइल-स्टोन जमा खड़ा है। ख़ैबरपास। तवारीखी निशान है। जब वायसरीगल लाज इस पहाड़ी पर था तो इसकी रौनक देखनेवाली रही होगी। ऊपर ठीक यूनिवर्सिटी की सीध में फ्लैग-स्टाफ, बावटा है। अब भी ऊपर जाकर देखो तो दूर-दूर तक दिल्ली दिखती है।

मैटकाफ़ हाउस के सामने जो धूनी रमाए साधू महाराज बैठे रहते हैं—वह भी कुछ घपलेवाला मामला है। कहते हैं कि वह कोई सन्त-महात्मा नहीं—चक्कर खुफिया पुलिस का है।

—नहीं यार, दूर की हाँक रहे हो गुप्ता—हम तो बरसों से इसे वहीं बैठे देख रहे हैं।

माथुर खुफ़िया पुलिस दूर से पहचानी जाती है। जरूर आवाजाही पर आँख रखता होगा।

—इसके लिए क्या दरबान चौकीदार काफी नहीं। दोनों फाटकों पर चौकीदार रहते हैं।

—अपने चपरासी कंठी का चचेरा भाई वहीं दरबान है। वही बता रहा था।

गुप्ता जारी रहे।

अंग्रेजों के वक़्त में भी खुफ़िया पुलिस दूर से पहचानी जाती थी। उन दिनों उनकी शख़्सियत उनके कपड़ों से पहचानी जाती थी। नीचे बन्दे ने शलवार डाल रखी है—ऊपर कोट और सिर पर कुल्लाह और पेशावरी लुंगी। हल्के ग्रे और गहरे ग्रे में सफ़ेद। मलमल की जगह यह महँगा साफ़ा माना जाता था उन दिनों। कहीं जलसा-सभा हो रहा हो तो उनकी मौजूदगी जरूर। पोशाक में कुछ ऐसी कमीबेशी रहती कि झूठ-मूठ की चढ़त से पहचान में आ जाते थे। अंग्रेजी हुकूमत से ख़ासी वफ़ादारी रखते थे।

—उन्हें खबर तो रखनी पड़ती थी। आखिर अंग्रेज आकाओं की नौकरी में थे।

—यार मुल्क अब आजाद है, फिर भी कर्मचारियों, अधिकारियों की बात करें तो पहले से क्या फरक है। पहले अफसर को कुछ कहते हुए बन्दा घबराता था। अब देखो भाई-भतीजावाद का प्रताप। चिक उठाई और अन्दर। और ऐसी बेकायदगी से कुर्सी भी शरमा नहीं रही। आइए अवस्थी जी कैसे हैं? क्या चलने-फिरने लगे हैं?

—जी साहिब कल ही उनकी ओर गया था। आपके लिए यह चिट्ठी दी है। असल बात यह कि कुर्सी और दफ्तर का रौब रखना जानते थे।

माथुर बोले—जरूर रखते थे। पर कुछ ऐसे भी फिरंगी थे जो हिन्दुस्तानियों से भी हमदर्दी रखते थे। कम थे मगर थे। खुफ़िया पुलिस को हमेशा

इन्कलाबियों का पीछा करना ही पड़ता। वे लोग जल्दी-जल्दी ठिकाने बदलते पर खुफ़िया भी अपना काम जारी रखती। दयाल ने जैसे अपनी टॉर्च से नई रोशनी फेंकी। यहीं कश्मीरी गेट के बाहर धानपुर हाउस के आसपास इन लोगों का जमावड़ा रहता। कोई छाबड़ी लगाए फल बेच रहा है, कोई यूँ ही पटरी पर लेटा है। सोने के बहाने अधमिची आँखों से पूरे दृश्य का जायजा लेता रहता। अंग्रेज इनसे पूरी वफ़ादारी की माँग करते थे।

—हाँ। लापरवाही की सजा भी कम न थी। खुफ़िया दखल तो दूर-दूर तक फैलाया हुआ था। चावड़ी बाज़ार तक में तैनात रहते। सुबह-शाम वहीं मँडराते रहते। कौन आया, कौन कोठे पर चढ़ा—कौन उतरा।

—यार कहीं पढ़ा था कि काकोरी केस वालों के पीछे खुफ़िया कब से लगी थी। यशपाल यहाँ से लखनऊ कानपुर के लिए निकले तो उनका बाकायदा पीछा किया गया। यशपाल धानपुर हाउस के चोर दरवाजे से निकले और गाड़ी से लखनऊ पहुँचे। स्टेशन के चप्पे-चप्पे पर पुलिस थी पर वह बचकर निकल गए। हैरानी की बात यह थी कि वह जिस घर में रात को रुके वह पुलिस में ऊँचे ओहदेवाले का घर था। किसी ने इन भाई लोगों के लिए उनके छत की बरसाती किराए पर ले रखी थी।

—फिर?

—फिर क्या यशपाल पकड़े गए?

—नहीं?

—ताज्जुब।

—यही भेद तो अब तक बना हुआ है। आखिर स्टेशन से वह कैसे निकले। और कैसे सुरक्षित उस घर में पहुँच गए। क्या उन्हें जानकारी नहीं थी कि बरसाती पुलिस के ऊँचे अफसर के घर की थी।

—इसका राज़ तो ऊपरवाला ही जाने या जाने खुफ़िया महकमे की फाइलें। शहीद तो हमारे इन्कलाबी हुए और अब आजादी का मज़ा उठा रहे हैं गांधी टोपीवाले। साफे फैल्ट हैट सब गुम समझो। अब जिधर देखो गांधी टोपी। इन्हीं की सिफारिश चलती है और अब इन्हीं का रसूख।

माथुर बोले—हवा का रुख है। सारा हिन्दुस्तान दिल्ली का ही टिकट कटाने पर लगा है। ऐसे में दिल्लीवालों का क्या होगा।

—कमाल कर रहे हो यार। दिल्ली क्या हिन्दुस्तान के बाहर है।

खन्ना बोले—दिल्ली के बाहर ही तो पाकिस्तान बना है।

—मुगल बादशाहों की कीमती रूहें ऊपर से देख रही होंगी। हाय हमारी दिल्ली की रियाया। इन हल्लों में बिचारे दिल्लीवालों का क्या होगा?

जौहरी हँसे—बुरा न मानना खन्ना साहिब, पाकिस्तान तो दिल्ली में बिखरा पड़ा है।

खन्ना के माँ-बाप कैम्बलपुर से बचते-बचाते आए थे। अजीब-सी तीखी आवाज निकाली—

—जो दुश्मनों के हाथों किसी तरह बचकर यहाँ पहुँचे उनसे इतनी नफ़रत अच्छी नहीं।

जौहरी ने आवाज में मुलायमियत लाकर कहा—बात से बात निकल रही है यार—भला शरणार्थी हमारा क्या बिगाड़ रहे हैं। गुप्ता ने लफ़्जों पर व्यंग्य की तह लगाई।

शहर छोटा और शरणार्थी भाई लाखों में। ख़ैर अब तो कमा-खा रहे हैं। रिज़क जमा रहे हैं। यह ख़ैबर भी तो पेशावरवालों का है। देखिए वेटर क्या घेरेदार शलवारें पहने हैं। जैसे दिल्ली भी पठानी इलाका हो। कभी अंग्रेजों ने दिल्ली के प्रवेशद्वार पर 'ख़ैबरपास' का माइलस्टोन लगा दिया था। इन्होंने इस नाम का रेस्तराँ खोल लिया।

माथुर ने बातचीत का रुख पलटने को कहा—

—शहर तो मुग़लों के वक़्त का और नई दिल्ली अंग्रेजों की। वहीं अंग्रेजों के पिट्ठू रहा करते थे। नई दिल्ली में तो निरी टोडी बिरादरी ही थी। हुक्मरानों के हुक्म बजाने को।

माथुर हँसे।

ख़ैर मनाइए कि अंग्रेज यहाँ राज कर गए और ढंग से विदा भी हो गए। हिन्दुस्तान के लिए छोड़ गए नियम-कानून। जौहरी यार ऐसा न होता तो हम आज शाम तुम्हारी दावत में कैसे मौजूद होते। नम्बर दो वाला बन्दा सीनियोरिटी में ऊपर होता तो तुम क्या कर लेते?

गुप्ता कुछ और जोड़ने को थे कि माथुर ने खामोशी से हँसती आँखों से साथियों को तरेरा और संजीदगी से कहा—यार कुछ कायदा भी सीखो ऐसी महफिल में बैठने का। ऐसी दावत में बैठकर ऐसी परचूनियाँ बातें नहीं की जातीं। अब आजाद हुए हैं—कुछ सोच को बदलो।

गुप्ता ने झेंप मिटाने को वेटर को आवाज दी—बर्फ लाइए—बातों-बातों में बीयर भी गर्म हो गई।

माथुर ने कहकहा लगाया—यार तुम भी वही रहोगे जो तुम हो।

गुप्ता ने पलट जवाब दिया—और तुम भी क्या वही ही रहोगे जो तुम हो।

जौहरी ने हँसकर कहा—अपन ने तो ऊपरवाले पर छोड़ दिया था जो हो गया सो अच्छा हुआ। आगे भी ऊपरवाला देखेगा। बियर का गिलास उठाते गुप्ता ने मसीहों की तरह सिर हिलाया—जौहरी साहिब ऊपरवाले का हाथ तो आपके सिर पर था ही पर नीचे वाली मदद भी कुछ कम न थी।

अदबी अड्डे

अदबी अड्डे। हिन्दू, उर्दू और पंजाबी की साहित्यिक हस्तियाँ। अपने-अपने ढंग से अपनी शक्ल पर मसीही ओढ़े कोई किसी को आँख मार रहा है—कोई किसी की खुफिया रिपोर्ट तैयार कर रहा है—कोई किसी को अगले वार के लिए खबरदार कर रहा है—

चेहरे पर संजीदगी और लापरवाही फैलाकर इतना-सा फिकरा हवा में छोड़ रहा है—

—यार तुम्हारी नई किताब रिव्यू के लिए मेरे पास भेजी गई है।

किताब लिखने वाले के कान खड़े हो गए।

—साला इसे पाठ की जाँच करने की तमीज़-तालीम है भी!

सिगरेट, लाइटर और फिर लेखकीय अन्दाज में कश।

एक और संवाद हवा में—कागद काले करते रहो प्यारे—इतना याद रहे कि दफती लगानेवाले और किताबत करनेवाले में फर्क हुआ करता है।

—क्या-क्या, फिर से कहो मियाँ—निकाल लो अपने दिल की भड़ास। हम तो शायर हैं और शायर ही रहेंगे। सामनेवाले चेहरे पर एक कुटिल मुस्कान।

सुनी-सुनाई पर टीप करते जाना अपना काम नहीं। चुटकुले हवा में तैर रहे हैं।

कटरा नील के छगनलाल ने टी-हाउस में झाँका, फिर साथ आए साथी से कहा—यार मैं तुम्हारे साथ मोरीगेट के ढाबे पर बैठ सकता हूँ मगर इस 'टी-हाउस' में नहीं।

—कमाल कर रहे हो दोस्त। एक बार अन्दर जाकर तो देखो। रेस्तराँ में बला की ताजगी है। पत्र-पत्रिकाओं का काउंटर है—अदबी महफिल जमी

रहती है। लिखाड़ियों का गुच्छा देर तक सजा बैठता है।

—न, इससे बेहतर तो पहाड़गंज की वह छुटकी-सी दुकान है जहाँ एक ही झाड़न से दिन में पचास प्याले पोंछ लिए जाते हैं।

—इस पर भी ऐतराज नहीं।

—क्यों यार क्यों?

—कुछ वजह तो होगी।

—मुँह न खुलवाओ दोस्त। कुछ कह दिया तो तुम्हें अच्छा न लगेगा। तुम्हारे लिए तो वहाँ बैठा हर शख्स जीनियस है। साले ठाहका-मार।

—किससे खफा हो यार।

—वही तुम्हारे नजदीकी। मुझसे ज्यादा कुछ न कहलवाओ—तुम हजम न कर पाओगे।

—किधर इशारा कर रहे हो—कुछ अता-पता तो दो—

—वही तुम्हारा हिन्दी संसार! जहाँ हर लिखनेवाला जीनियस है। बस ठहाके ही ठहाके। साले खाली लिफाफे।

हशमत ने अपना विरोध दर्ज किया—आखिर उर्दूवाला हिन्दी हल्के पर छींटाकशी कर रहा है। कैसी जबान इस्तेमाल कर रहे हो। उन्हें कम न समझो। एक-एक के पास कम से कम पाँच किताबें तो जरूर हैं।

—होती रहें—पर इनके आने से टी हाउस का माहौल रामलीला से कम नहीं।

सख्त आवाज को नर्म शब्दों के भुलावे से कहा—इतना गुस्सा नहीं करते दोस्त। रामलीलाओं के लिए तो रामलीला मैदान ही ठीक है न। फिर कुछ इज्जत रेस्तराँ की और कुछ हिन्दी लेखकों की भी रहनी ही चाहिए।

—आइए—आज मेरी बात रखिए—न जँचा तो फिर कभी नहीं।

दोनों दोस्तों ने गिले-शिकवे को जेब में रखे रखे सड़क पार की और टी-हाउस में प्रवेश किया। खुशकिस्मती से मनपसन्द टेबल मिल गया। टेबल भी ऐसा कि सारे हॉल का जायजा लिया जा सके। इस प्रबुद्ध भीड़ की खोपड़ियाँ ही सबसे कीमती हैं। मुखड़े नम्बर दो पर।

ऐंटरेंस पर घुँघराले बालोंवाला चेहरा। नया-नया शार्कस्किन का सूट। हाथ में सिगार।

यार यह भी एक क्लास है, हमने जरा तड़ी से कहा—

—ताज बहादुर यह हमारे नाटककार और उपन्यासकार मोहन राकेश हैं।

ताज बहादुर ने एक लम्बी कुटिल सी 'हूँ' की।

हमने उस गैरदोस्ताना 'हूँ' को मिटा देने को और बातचीत को नया दम देने को कहा—

—अभी तो दो तिलंगे और आएँगे तो तुम्हारे कहे मुताबिक रीगल बिल्डिंग चरमराने लगेगी ऊँचे कहकहों से। लीजिए वह रहे—एक मेज पर सजते ही शोर बनने लगा और हँसोड़ ठहाके दूसरी मेजों से टकराने लगे।

सरताज बहादुर ने हमें एक घमंडी नजर दी—देखिए कहकहे ऐसे लगाए जा रहे हैं जैसे कम्पनी बाग की घास पर बैठे हों।

हमने तुनककर कहा—इन्हें इतना तो न कोसो यार। आखिर हमारी राष्ट्रभाषा को सँवार रहे हैं।

—सँवारते रहें। हशमत मियाँ, बात वह नहीं। ये परदेशी हस्तियाँ यहाँ का माहौल भी तो समझने की कोशिश करें।

हशमत गुस्सा खा गए। घुड़ककर कहा—इतनी कुढ़न अच्छी नहीं। इलाहाबाद लखनऊ भी कुछ छोटे शहर नहीं। हमारे वजीरेआजम भी वहीं से हैं। हाँ तुम लोग दिल्ली पर अपना हक कब तक जमाए रहोगे। अब तो यह अंग्रेज की नहीं स्वाधीन राष्ट्र की राजधानी है। पूरे देश का इस पर हक है।

सरताज बहादुर खीझ गए।

—हम इन पर ताजीरात-हिन्द की कोई दफा नहीं लगा रहे—इतना ही कहना है कि राजधानी के राहो-रस्म की इज्जत तो करो। यहाँ रहकर अपने में इसका शऊर तो पैदा करें। यह भी क्या अदा है।

—आप दिल्लीवाले दिल्ली को सिर्फ 'अपना' ही समझे बैठे हो मगर उस्ताद वह 'अपना' है क्या।

—अब कहाँ होगा और कैसे होगा? नई दिल्ली की सड़कें शरणार्थियों से भरी हैं और शहर की पटरियाँ इनके कब्जे में।

सरताज खास दिल्ली के लहजे में कोई गुगली फेंकनेवाले थे कि हशमत ने पहल कर दी।

—दोस्त ईमानदारी से बताओ कि उर्दूवाले हिन्दीवालों को इतना नापसन्द क्यों करते हैं।

सरताज बहादुर ने इस बार शायस्तगी से कहा—पंजाबियों में गुफ्तगू

का सलीका नहीं और प्रदेशियों का बतकही के सिवाय और कोई काम नहीं। जाने यह लोग सोचते कब होंगे। अन्दाज ऐसा कि न बात को सजा सकें न भुना सकें।

हशमत ने न जाने क्यों शुतरमुर्गी छोड़ दी और साफ़गोई से कहा—दोस्त मेरे चेहरे की ओर भी देखो। क्या सच में तुम्हें यह नहीं लग रहा कि हम तुम्हें तंगदिल और अनपढ़ समझ रहे हैं। दूसरों को घटिया करार देने की भी कोई हद होती है। वह भी आमने-सामने बैठकर। सरताज बहादुर जैसे इसी नुकते का इन्तजार कर रहे थे—हिन्दी को नहीं हम प्रदेशी लॉबी की बात कर रहे हैं। आपने नाहक अपनी ओर खींच ली।

—सरताज बहादुर दिल्ली के बाहर चारों दिशाओं में सजा-बसा मुल्क न हो तो राजधानी की हैसियत भी फिर क्या हो।

सरताज बहादुर ने एकाएक दुश्मनी की नजरें फलाँगकर कहा—तबीयत कुछ उखड़ गई है। मूड बनता हो तो जिंजर बियर हो जाए रिवोली में।

—शुक्रिया, आप मजा लीजिए। हम तो यहीं बैठेंगे।

सरताज बहादुर हँसे।

—जाओ हिन्दी मजलिस में शामिल हो।

हमने तुर्शी से कहा—मजलिस नहीं हिन्दी मंडली।

हमें मालूम था हशमत मियाँ—आप उसी कोने में शामिल होंगे। जिंजर बियर तो बहाना ही था।

—हाँ साहिब, आज मंगल है—हनुमान मन्दिर भी जाना जरूरी है।

सरताज को बाहर जाते देखा तो सोचा हमारे लोगों का भी क्या गुनाह है जो उधर गली-मुहल्लों को याद कर आहें भरते हैं।

—यह तो ख़ैर-खैरियत में अपने घरों में रह रहे हैं। बाहरवालों की मौजूदगी से खफा हो ही जा रहे हैं। शरणार्थी तो शरणार्थी हुए—यह प्रदेशियों को भी गैर समझ रहे हैं। रेस्तराँ के शोर को भी कंट्रोल करना चाहते हैं।

एकाएक तीन तिलंगों के ऊँचे कहकहों से कुछ ऐसा लगा कि पनवाड़ी की दुकान के आगे खड़े हों।

सोचा सरताज बहादुर दिल्लीवालों को नाजो-नखरा दिखा रहे थे पर इतने गलत भी नहीं थे।

सत्यवती मलिक

लेडी हार्डिंग के वार्षिक-उत्सव से घर लौट रही थी। कनॉट प्लेस के मद्रास होटल वाले बरामदे में पत्रिकाओं में छपनेवाली तस्वीर को, उसकी सौम्य कौंध को देखकर ठिठक गई। चाहा आगे बढ़कर नमस्कार करूँ पर झिझक गई। मन-ही-मन सराहा, तराशा हुआ चेहरा, वह भाल, आगे की ओर के छोटे-छोटे घुँघराले बाल और सुघड़ सुव्यवस्थित चौड़े पाट की सादा सी साड़ी। मेरी ताजी आँखों से सत्यवती मलिक की वह छवि उसी तरह अपने निखार में खड़ी रही। बदली नहीं। बदलने के मौके भी नहीं थे। मैं उभरती पाठक थी और वह लेखक के रूप में उस समय के लिहाज से बहुत कुछ। दिल्ली में उनकी उपस्थिति महत्त्वपूर्ण और मूल्यवान थी। राजधानी की सांस्कृतिक घटनाएँ उनसे जुड़ी रहती थीं। शब्द का अपव्यय न करते हुए अगर कहूँ कि उनके यहाँ होने ने ही मुझे लेखक के गुण-धर्म से परिचय करवाया तो अतिशयोक्ति न होगी।

मेरी पहली साहित्यिक गोष्ठी उन्हीं के घर से जुड़ी है। वहाँ एक साथ देखा, जैनेन्द्र, अज्ञेय और भगवतीचरण वर्मा को। मैं 'चित्रलेखा' पढ़ चुकी थी। 'त्यागपत्र' और 'शेखर : एक जीवनी' भी। उन दिनों लेखकों के साक्षात्कार दुर्लभ थे। पाठकों को वह क्रिकेट खिलाड़ियों की ही तरह आकर्षित करते थे।

मैं स्वयं लेखक नहीं थी, पर सेंट्रल सेक्रेटेरियट लाइब्रेरी ने एक छोटी-सी तालीम तो जगाई थी कि लेखक की रचनात्मक पहचान को किस कोण पर रखा जाता है। उसे प्रकाश के लिए देखा जाता है। उसे धुँधला नहीं किया जाता। मैं कुछ-न-कुछ अपनी रौ में लिखा करती थी और लेखकों को शंसा

से देखती थी। कहानी लिखकर 'विशाल भारत' में भेजी होगी। महीने-भर के बाद जवाब पाया कि रचना स्वीकृत की गई है—जल्दी ही प्रकाशित होगी। सम्पादक महोदय की ओर से एक अनोखा सुझाव और भी था कि भविष्य में रचना उन्हें भिजवाने के पहले अगर चाहूँ तो मैं उसे सत्यवती मलिक को भी दिखा सकती हूँ। मैंने ऐसा कभी नहीं किया लेकिन आरम्भिक दिनों का यह संकेत तमाम पिछले दशकों में मेरे साहित्यिक विवेक से जुड़ा रहा। एक कार्यकारी लेखक के रूप में भी इसे अपनाया नहीं मगर इस सुझाव का मतलब जरूर समझती रही।

'विचार' कलकत्ता से प्रकाशित हो रहा था और उसमें प्रकाशित हुई थी विभाजन-कथा 'खून मिट्टी सरस्ती'। विभाजन के दिनों की ही बात है। उनसे भेंट हो गई तो इस कहानी के सामने 'सिक्का बदल गया' की सहज तटस्थता को सराहा और शाबाशी दी। वह उभरते लोगों को अच्छे से पढ़ती थीं, और मैत्री भाव से देखती थीं।

'बादलों के घेरे' का प्रकाशन का समय रहा होगा। मैं 'वैंगर्स' में दाखिल हुई। वह सामने खड़ी थीं। मुझ नई कलम को देखकर उनकी हँसी खूबसूरत थी। मैंने उन्हें कॉफी के लिए आमंत्रित किया और सहल-सहज भाव से हम दोनों ऊपर जा बैठे। देर तक बैठे रहे। हमारे यहाँ अब निन्दा को भी साहित्यिक संवाद का हिस्सा मान लिया गया है। उन दिनों खटास-छपास का प्रकोप कम था। सलीके से एक दूसरे की सराहना का आदान-प्रदान भी कृत्रिम जैसा नहीं था। लिखने-पढ़ने की बातों के दरम्यान भी एक निकटता जो दूरी न फलाँग सके और दूरी जो कायदे से छोटे और बड़े के बीच दुबकी-सी देखती रहे। कॉफी के बाद नीचे कन्फेक्शनरी काउंटर से मैंने छोटी चाकलेट की मछलियाँ खरीदीं। एक उनके लिए और एक अपने लिए।

दोनों ने एक दूसरे को विदा दी और कनॉट प्लेस के बरामदों में खो गए।

सत्यवती मलिक के हस्ताक्षर के सामने अपने में एक शुरुआत करनेवाले लेखक का अदब-कायदा मुझे मूल्यवान लगता रहा। जिस सरल-सीधे स्वभाव को मैं अपने में चीन्हती थी वह अपने व्यावहारिक घनत्व में उनके पास मौजूद था।

हम दोनों अपनी-अपनी बात कहते रहे। स्वभाव और व्यवहार से इस परिष्कार ने मुझे उनके विशेष से बाँधे रखा। सम्पादक चतुर्वेदी जी से मेरा परिचय उनके यहाँ ही हुआ। हम लोग साल में दो-एक बार ही मिलते रहे—परिचय से मेरी गरमाहट कमतर नहीं हुई। वह मौसम भी कुछ ऐसा था कि लेखकगण अपनी-अपनी स्पर्धा के विजय-चिह्न कम ही लहराते थे।

जैनेन्द्र जी ने फोन पर शाम को चाय की भूमिका बाँधी—सत्यवती भी आ रही हैं। स्टैंडर्ड में मिलेंगे।

मैं चार बजे उन दोनों की इन्तजार में थी। वह पहुँचे तो मैंने सुझाव दिया—क्यों न गेलार्ड में चलें। जैनेन्द्रजी हँसे—मालूम होता है आज रोकड़ा ज्यादा है। तुम्हें खर्च करना ही है।

मैं कुछ परेशान और उचाट हुई। सत्यवती जी ने कुछ भाँपा और जैनेन्द्र जी से कहा—नहीं-नहीं ऐसी बात क्यों कह रहे हैं। गेलार्ड में ही क्यों न चलें!

मैंने बात बदली। नवीनजी और सरला अभी ऊपर गए हैं—हम भी उनसे मिल लें तो क्या हर्ज है? वहीं चलते हैं। संकेत काम नहीं कर रहा। हम दोनों शरारत से, चुपके-चुपके मैत्री भाव से हँसती रहीं।

हम एक छोटी-सी मुख्तसर शाम के बाद बाहर आए तो जैनेन्द्रजी ने कहा—घर ही जा रही हो न, मुझे रास्ते में दरियागंज उतार देना—मैंने खामोशी से सत्यवती जी से मदद माँगी। कुछ सोच रही होंगी कि मैंने कहा—मुझे वोल्गा पहुँचना होगा—

—किससे मिल रही हैं? हम भी वहीं चलते हैं—

सत्यवती जी से मदद की—

जैनेन्द्रजी आप कुछ देर मेरे यहाँ चलें—मैं छुड़वा दूँगी आपको।

मैंने चुपके से उन्हें अपना आभार पहुँचाया।

सत्यवती जी अन्तिम बार मिलीं तो गहरे पछतावे से सोचा कि एक ही शहर में रहते उन्हें पहले क्यों नहीं मिलने आई। मैं अपने से ही अपनी नजरें चुराकर देख रही थी। उनकी आँखें अबोध थीं। बीमारी की लम्बी लड़ाई से उनमें अब मृत्यु का भय नहीं—उसका स्वीकार था।

उस शाम उन्हें देखकर मैं परेशान हो गई थी थी। गहरे तक उदास।

कपिला ने सहज संयम से उनके द्वारा अंकित किए चित्र दिखाए। कठिन समय में उनके निज का गूढ़ एकान्त। चित्रों की रेखाओं में से झाँकती उनकी व्याकुलता, अवसाद और शान्ति एक साथ। जीवन के दोहरे भाव विलीन और गतित्व अपनी-अपनी जगह पर पन्नों की ओर उन्मुख उजागर। देखना विस्मयकारी था।

जिन शब्दों को भाषा में गूँथती रही थी वहीं चित्रों की रेखाओं के पार से जैसे आवाज दे रहे थे। किसी अदृश्य को। कुछ भी करो मैं तब तक अपने को आँकती रहूँगी जब तक हाथ चला सकूँगी। जो मुझमें मेरे आसपास सुख-दुख रचे गए हैं मैं उनके बाहर नहीं हूँ। वह सब भी इन रंगों में शामिल है।

देहरी पर खड़ी कपिला ने माँ की ओर शान्त आँखों से देखा। मौन माँ के गुमसुम को ताकते हुए वह किसी भित्ति-चित्र की तरह अपने सान्निध्य में स्थित लगीं। मैं उठने को हुई। बरसों पार से सत्यवती जी ने मेरी ओर देखा। चेहरे पर पुरानी भाषा उतर आई थी। लगा, उन्होंने अपने मौन संवाद से इतना-भर पहुँचाया कि मेरी आत्मा का उजास प्रकटीकरण मेरी बेटी में, बेटों में। और वह सब भी जिसे वह अपनी क्षमताओं, सीमाओं के मिश्रण से अपने में जुटाती-मिलाती रहीं। जाने क्या हुआ—कुछ हुआ—अब उनसे विदा लेना सरल-सहल हो गया। बीमारी की कमजोरी के साथ-साथ मुख पर बीते हुए की आभा थी मृत्यु की छाया तले भी।

भाषी दुपहर से माँ के पास बैठे थे—कुछ देर को उठे—केशी और ऊषा आने को हैं। मैं उठ खड़ी हुई। बेटी कपिला के बारे में विस्तार से फिर कभी।

हिन्दुस्तान टाइम्स के कल्हण

किसी-किसी रेस्तराँ का जादू लम्बे अरसे तक चलता है। हफ्तों, महीने या बरसों की दूरी से जब भी अपने मनपसन्द रेस्तराँ में कदम रखो तो जैसे गुजरा हुआ वक़्त भी आपके साथ-साथ अन्दर दाखिल होता है। पुरानी हलचलों वाले जवान दिन हाथों में मीनू कॉर्ड ले अपनी पुरानी पसन्द के साथ-साथ बीत गए बरसों और मौसमों के चेहरे भी देखने लगते हैं।

वेटर साहिब आपके चेहरे पर अपना गया वक़्त पहचानते हैं। आपकी पसन्द याद करते हैं और परिचितों की तरह झुककर कहते हैं—बहुत देर से आना हुआ साहिब, क्या शहर से बाहर थे—

—जी हाँ, आप तो ख़ैर से हैं न।

—जी शुक्रिया।

जनपथ का मैंडरीन रूम। हम पहुँचे हैं लंच के लिए।

साथ हैं प्रमिला कल्हण और द्वारका कल्हण। द्वारका के जन्मदिन पर हम आमंत्रित हैं। जर्नलिस्ट दम्पति को देख चाइनीज स्टुअर्ट अभिवादन करते हैं। मीनू कॉर्ड पेश करते हैं। ठंडा पेय—बीयर लाल चटख मेजपोश पर मैनेजर की ओर से ढेर सारी शुभकामनाओं के साथ। प्रमिला चौकस चौकन्नी। द्वारका को तेज निगाह से देखा। टेबल रिजर्व तो तुमने किया था बॉबी—क्या यह भी अनाउंस करना जरूरी था।

—मुझे इसका हक है कि नहीं।

द्वारका कल्हण ने हशमत की ओर खुफिया निगाह से देखा। फिर प्रमिला से मुखातिब हुए—यह किसकी कारस्तानी है, इसकी खोज तुम्हें करनी होगी।

—मुझे मालूम है तुम्हारी नजर से कुछ छिपा नहीं रह सकता।

प्रमिला ने तेवर चढ़ाकर हमें देखा—अगर मैं यह कहूँ कि इसके कसूरवार तुम्हीं हो तो क्या गलत होगा? तुम्हें ऐसा नहीं करना चाहिए था।

—साहिब इस पर ऐतराज क्यों? यह इतने नाजुक मसले नहीं हैं। आपको शायद इसका तजुरबा नहीं। द्वारका अगर इन दिनों किसी और की कामना कर रहे हों तो—

द्वारका हँसे। यह कब मुमकिन है। तुम एक पल के लिए मुझे छोड़ती नहीं। किसी को पास फटकने दोगी तभी न।

हम तीनों मिलकर हँसते रहे। और अपनी-अपनी पसन्द की स्वीट एंड सावर, प्रोन चिकन, चाइनिज राइस के इन्तजार में बातचीत को गरमाते रहे। ऑर्डर मेज पर लगने लगा था।

वह दिन और द्वारका कल्हण के जन्मदिन का मनपसन्द लंच और गुनगुनी हँसी हमेशा याद में बसी रही।

—तुम समझी नहीं, इसका हिसाब-किताब कुछ गहरा है।

—क्या सचमुच—प्रमिला अनुभवी शरारती आँखों से देखकर द्वारका से पूछती हैं—मुझे तो हशमत काफी 'डल' लगते हैं। तुम्हें कैसे पसन्द आ गए।

कल्हण और हम देर तक हँसते रहे।

—यह मत पूछो मेरी जान इसे जैसे तुम देख रही हो, यह दोस्त वैसा नहीं।

हम तीनों फिर भी इकट्ठा होते रहे पर वह दोपहर कुछ और ही थी। कॉफी के प्याले अभी हाथ ही में थे कि मैनेजर साहिब प्रकट हुए—सर उम्मीद है खाना पसन्द आया होगा।

—थैंक्यू।

वेटर ने ट्रे आगे की। —आपके लिए उपहार—

बिल पे हुआ और हम खुशी-खुशी लम्बे गलियारे से बाहर आए।

एक ऐसा निमंत्रण जो आपके मनपसन्द रेस्तराँ में हो—अच्छे पकवानों और अच्छी सोहबत में हँसी-खुशी सम्पन्न हुआ हो—ऐसा दिन तो बन्दे के दिल-दिमाग पर सही मोहर लगाता है।

दोस्तो हम तीनों की दोस्ती देर तक अच्छी चली। नजदीकी से दूरी

इतनी मुनासिब रखी गई कि कभी कोई मनमुटाव या बदमजगी न हुई। यह पुराने वक़्तों की बात है जब दोस्तियों को सिर्फ भुनाया नहीं जाता था।

और फिर एक दिन अचानक लंच के बाद हशमत मीटिंग में थे कि द्वारका कल्हण साहिब का फोन था।

—क्या चार बजे तक यहाँ पहुँच सकते हो?

कुछ हैरानी हुई और लगा आवाज में जवाब सुनने की गुंजाइश नहीं थी।

—कुछ जरूरी? हाँ—मीटिंग खत्म होने को है। जल्दी ही आपसे बात करते हैं। कमरे में पहुँच द्वारका कल्हण का नम्बर मिलाया—

—हैलो—

—कल्हण साहिब, टैक्सी को फोन कर दिया है। आधे घंटे में पहुँच रहे हैं—

कल्हण हँसे। आध घंटा—

जल्दी आ जाइए—

लीजिए टैक्सी आ गई।

हमने फोन रखा और ओल्ड सेक्रेटेरिएट से कनॉट सर्कस के आध घंटे के सफर पर हो गए।

—जरा जल्दी पहुँचना है ड्राइवर साहिब—

—जी साहिब। सहूलियत है। शाम पाँच का रश नहीं।

ठीक चार-तीस पर गाड़ी ग्रिन्डले बैंक के सामने जा खड़ी हुई। गाड़ी का मीटर देख पैसे दिए और तेज कदमों से ऊपर जाती सीढ़ियों की ओर—

चौकीदार साहिब लपककर आगे आए—मैडम अभी साहिब को लेकर हास्पिटल गई हैं—साहिब को होश नहीं था।

—कौन-से हास्पिटल—

—नहीं साहिब यह नहीं जानते। बैंकवालों ने साहिब की गाड़ी गैराज से निकलवाई और उन्हें ऊपर से लाकर चल दिए—

हम कुछ देर ड्राइवर साहिब को देखते रहे। फिर बैंक में जाकर पूछा—

मिसेज कल्हण किधर लेकर जाएँगी हमें मालूम नहीं। पर हमारे बैंक का अधिकारी उनके साथ है।

हम बाहर आए। मदद के लिए चौकीदार को देखा—

—ऊपर से नीचे लाए तो साहिब का बदन ठंडा लगता था।

हम कुछ देर खड़े रहे फिर अनमने से बरामदों में से जाने किधर को निकल गए।

हम उस शाम जिधर भी जाते अब द्वारका से कभी मिल नहीं सकते थे। घर लौटे तो प्रमिला का फोन था।

मैं ठीक चार दस पर घर पहुँची। दरवाजे की 'नॉब' घुमाई। खुला। सोचा नौकर सिगरेट के लिए बाहर गया होगा।

द्वारका के कमरे में झाँका—बिस्तर पर फोन का चोंगा नीचे लटक रहा था। और द्वारका कल्हण वहाँ पहुँच चुके थे जहाँ से लौटना नहीं होता।

रक्षा मंत्रालय की नुमाइश

क्वालिटी के सामनेवाले खुले मैदान में डिफेंस द्वारा लगाई गई नुमाइश। सेना का करीना और बढ़िया प्रदर्शन।

—यार यह पहली बार हुआ है कि सेना की नुमाइश ने नागरी में टैक्स्ट दिया है।

पैयामी साहिब बोले—हिन्दी, उर्दू दोनों में देते तो और भी अच्छा होता। यहाँ के ज्यादातर लोग उर्दूवाले हैं।

रामकृष्ण भाई जी बोले—आप कहते हैं तो हम माने लेते हैं। पर साहिब अपनी हिन्दी भी पीछे-पीछे चलती ही रही है। स्वतंत्र भारत में अब हिन्दी का बोलबाला तो होगा ही।

—आपका कहना भी वाजिब है पर उधर से आए हमारे शरणार्थी भाइयों को जरूर मुश्किल होगी।

—कमाल करते हैं आप लोग। भाई साहिब उधर के पंजाब को आप ब्लोचिस्तान, अफगानिस्तान समझ बैठे हैं। आपके खयाल में वहाँ कोई हिन्दी ही नहीं जानता। अफगान भी हिन्दी समझते हैं। सूबा पंजाब, बँटवारे से पहले दिल्ली की हदों तक कायम रहा। आप ऐसे कहते-सुनते हैं जैसे वह कोई जंगली इलाका हो। वहाँ ही न सुनी-समझी जाती हो। पढ़नेवाले हिन्दी भी पढ़ते थे और उर्दू भी।

रायजादा साहिब मजाक से हँसे।

—बुरा न मानिएगा आप लोगों के तलफ़्फ़ुज़ से तो उर्दू भी फिसलती लगती है और हिन्दी भी कुछ बिचारी सी ही समझिए।

कामोकी से आए बक्शी साहिब उर्दू-फारसी पढ़े हुए थे।

—जनाब आप ज्यादती कर रहे हैं। उर्दू-फारसी दोनों चलती थीं। गुरमुखी और पंजाबी भी।

अरोड़ा साहिब तीखी आवाज में बोले—सुनिए हमारी माँए, बहनें, बेटियाँ हिन्दी पढ़ती थीं और बाप-दादा, पोते उर्दू-फारसी और अंग्रेजी।

घेरदार सलवार-कुर्ते पर वास्कट पहने लालचन्द बड़ी रुखाई से बोले—जी, आपकी याददाश्त को भी क्या हुआ—जनाब जमीन-जायदादें तो छुटीं ही छुटीं—आपने हिन्दी, उर्दू, पंजाबी और गुरमुखी याद रखी पर हमारी सरायकी भूल गए। मुलतान को आप दूसरा मुल्क समझते हैं क्या?

—अब तो दूसरे ही हुए न। वहम न करो! जहाँ भी रहोगे—हम लोग बोलेंगे तो अपनी ही बोली न। अभी और क्या-क्या उलट-फेर होंगे। वक़्त का कुछ पता नहीं।

—शुभ-शुभ बोलो महाराज अभी कुछ कम तो नहीं हो गुजरा।

बख्शी साहिब ने कॉफी का बड़ा घूँट भर खाली प्याला प्लेट में रखा और रायजादा से वक़्त पूछा—आपकी घड़ी में—

—साहिब चार बजा चाहते हैं।

—ओह—आज का दिन भी हाथ से निकला—

रायजादा साहिब ने बड़ी शायस्तगी से कहा—आप परेशान लग रहे हैं—हम आपके काम आ सकें तो कहिए।

बख्शी साहिब कुछ देर चुप रहे। कुछ निढाल से दिखे। फिर रायजादा साहिब की ओर देखा। आँखों में हमदर्दी सी नजर आई।

—रिहैबलीटेशन वाले हेड-क्लर्क ने परेशान कर रखा है। न 'हाँ' न 'न'। क्लेम वाले कागजात अपनी मेज पर चिपकाए बैठा है। आगे करने को तैयार नहीं। हम लोगों के लिए हमदर्दी का तो नाम नहीं।

बख्शी साहिब ने छुट्टे में बिल पे किया और उठ खड़े हुए। अच्छा।

बख्शी साहिब की अनमनी चाल में सरकती उनकी पीठ कुछ देर दिखती रही फिर ओझल हो गई।

रायजादा भी उठ खड़े हुए और बख्शी साहिब को सड़क पार करते जा मिले—कहाँ का इरादा है बख्शी साहिब। किधर जाइएगा?

—कहाँ जाएँगे। वही कैम्प और वही हम। कुछ बदलने में नहीं आता।

आवाज इतनी ठंडी थी कि जवाब की तो दरकार ही नहीं थी। इजाजत

हो तो चाँदनी चौक चलें। कुछ देर चलकर घर बैठेंगे फिर आपको कैम्प की बस में बिठा देंगे। तब तक लड़का काम से लौट आया तो आपको गाड़ी में छोड़ आएगा।

बख्शी साहिब 'न' करना चाहते थे पर बिना हीलो-हुज्जत के चुपचाप साथ हो लिए।

एल्प्स से कॉफी हाउस

हशमत ने अचानक घड़ी देखी--ओह!

ज़रा माफ़ कीजिए—

तेज़-तेज़ चाल में 'एल्प्स' में पहुँचे। अन्दर झाँका। कोने की टेबल पर अज्ञेय दिखे। पढ़ने में मग्न।

वेटर ने हशमत के हाथ में चिट थमा दिया—6 तक इन्तज़ार करता रहा—अब शनिचर को।

—उपेन्द्र

हशमत एल्प्स से बाहर निकल रहे थे तो अन्दर जा रही थी एक सुन्दर सौम्य और सजीली मूरत—कपिला। प्रतीक्षारत थे वात्सायन। हशमत लौटे फिर उसी पुराने टेबल पर जा शामिल हुए।

मेज पर कुछ चेहरे बदल गए थे पर संवाद अभी भी चालू था। राधामोहन जी की उपस्थिति में। एक कुर्सी हशमत के लिए भी और खींच ली गई थी।

—'आधा गाँव' की पैरवी मत कीजिए। लेखकीय यश की इतनी लिप्सा कि उपन्यास को मार गालियों से भर दिया।

—कमाल कर रहे हैं आप—भला गालियों से लिप्सा का क्या सम्बन्ध।

जहाँगीरीमल ने पुचकार कर कहा—सब्र से ज़रा सब्र से—बंसलजी को पूरा कथन तो उच्चारने दो।

—सुनिए—साहित्य की मर्यादा भी कुछ है। माँ-बहन की गालियों से साहित्य नहीं बनता।

—उपन्यास तो बँटवारे को लेकर लिखा गया है। विभाजन की त्रासदी को न देखकर आप मात्र गलियों पर बरस रहे हैं।

—हाँ। साहित्य के क्षेत्र में यह सस्ती राजनीति सहन नहीं की जाएगी। हम इन आँखों से न गालियाँ पढ़ना चाहते हैं न कानों से गालियाँ सुनना चाहते हैं। हम इस किस्म के लचर पाठ क्यों पढ़ें। मासूम रजा को क्या हक है कि वह हमारी संस्कारी भावनाओं को दूषित करे।

राधामोहन गालियाँ तब मुँह से फूटतीं हैं जब इन्सान बेबसी में अन्दर ही अन्दर तड़पता हो। घायल हो।

—अब क्यों तड़प रहे हैं यह अल्पसंख्यक मुसलमान। पाकिस्तान उन्होंने माँगा हमने नहीं। हम तो अपने घर में बैठे हैं।

—राधामोहन जी ज़रा दूरअन्देशी से सोचिए—हम आपके लोग भी उधर से उखाड़कर इस ओर धकेल दिए गए हैं। उन्होंने तो आज़ादी के सिवा कुछ और नहीं माँगा था। अपने देश से कहीं और भेज दिया जाए तो आपको कैसा लगेगा।

—हम ऐसा क्यों सोचें।

हाँ—आप अपने घर में बैठे हैं। और हम जैसों ने आज़ादी की कीमत चुकाई है।

अगर हम इस दंगे-फसाद से बाहर हैं तो हम पर बँटवारे का रौब गालिब मत कीजिए।

—इसकी जरूरत कहाँ है राधा बाबू।

—साहिब आप लोग सरकार के दामाद बने घूम रहे हैं, डंके की चोट पर कि हमें यह दो, वह दो। घर दो, नौकरी दो। लोन, व्यापार के लिए पैसा दो। जमीन दो। सरकार सब खरचा इन पर कर देगी तो बाकी हिन्दुस्तानी क्या करेगा? हमने भी तो स्वाधीनता संग्राम में योगदान दिया है।

साथ वाली टेबल से कुर्सी सरकी। रामलुभाया।

—सत्त वचन, बंसल जी। ठीक कह रहे हो। आपके माने न कोई विभाजन हुआ और न कोई खूनखराबा। हम तो आपको सरकार के दामाद दीख रहे हैं, और आप क्या हैं—सरकारी बेटे। या सरकारी प्यादे।

बंसल खीझ गए—देखिए आप हमारे बीच टाँग मत अड़ाइए। आप तो इस टेबल पर नहीं हैं। मेरा आपसे कोई परिचय भी नहीं।

—देता हूँ, आपको अपना परिचय—मैं हूँ एक शरणार्थी, जिसका वतन, घर-बार, जमीन-जायदाद सब दूसरे मुल्क में रह गए हैं। और आपको हम

मँगते नजर आ रहे हैं। दो जवान बेटे गँवाकर आ गया हूँ और फिरोजशाह कोटला के कैम्प में रह रहा हूँ।

मैं हूँ स्वतंत्रता सेनानी कि आप—बोलिए। बताइए आपने आजादी की लड़ाई में क्या योगदान किया?

—हमने लाठियाँ खाई, जेल काटीं।

—बस, बस रहने दीजिए। उस असलियत को हम अच्छी तरह जानते हैं।

—क्या जानते हैं, आप?

शरणार्थी महाशय सिर हिला-हिलाकर हँसने लगे।

—न कहलवाइए—इबारत शुरू हो गई तो आप जैसे बहुत से लोग नंगे हो जाएँगे।

—देखिए, शिष्टाचार न भूलिए। अच्छी भाषा का प्रयोग करिए। आप नंगई पर क्यों उतर रहे हैं? मेरी बात सुनिए—आपके हक में बहुत बुरा होगा।

—भाई मेरे, बुरा तो तब होगा, जब मैं इसका राज बताऊँगा।

—बोलिए, बोलिए खुलकर बोलिए।

—कितनी बड़ी जनता ताम्र-पत्र के पीछे पगलाई हुई है। बताइए क्यों?

—इसलिए कि उन्होंने आजादी की लड़ाई में हिस्सा लिया था। जेल गए थे। लाठियाँ खाई थीं।

—क्या आप भी कारावास काट आए हैं?

—तो क्या मैं झूठ कह रहा हूँ।

—आपने किससे सर्टीफिकेट लिया है? किसने आपको सर्टीफिकेट दिया है कि आप इस तारीख से उस तारीख तक फलाँ जेलों में फलाँ-फलाँ के साथ थे?

राधामोहन कुछ खीझकर बोले, आपने यह सूचनाएँ कहाँ से इकट्ठा कर रखी हैं? पी. ब्लॉक तो शरणार्थी मामलों के लिए है न।

—देखिए, आपको ताम्र-पत्र के लिए सर्टीफाई करवाना हो, तो मैं सही बन्दे का पता दे सकता हूँ। मुझे लगता है आपको भी उनसे कुछ काम जरूर है।

—नहीं, मैं ताम्र-पत्री नहीं बनना चाहता। मुझे मेरे वतनवाले क्लेम के बदले छोटा-मोटा कुछ मिल जाए—वही बहुत।

बताइए, आप—एकाएक राधामोहन जी की आवाज भी कुछ बदली—सर्टीफिकेट देनेवाले साहिब को कैसे जानते हैं?

—मैं उनके सर्वेंट क्वार्टर में रह रहा हूँ। क्यू लगता रहता है, उनके बँगले पर। हजरत हजारों कागज दस्तखत कर चुके तो किसी ने उठाकर नेहरू जी को शिकायत कर दी। पंडित जी ने बुलाकर डाँटा। बन्द कीजिए अपना प्रमाण-पत्रों का धन्धा। जिस जेल के सर्टीफिकेट आप धड़ाधड़ दस्तखत किए जा रहे हैं, वहाँ हजारों कैदियों के रहने की जगह नहीं थी। आप वहाँ कुछ दिन रहते, तो कम से कम आपको इतना पता तो होता? जाइए सब फार्म कैंसल कर दिए जाएँगे।

—राधामोहन जी आप तो तैयार थे। आपकी ताम्र-पत्र की लाइन तो कट गई। किसी और को ढूँढ़िए नहीं तो ताम्र-पत्र के बिना रह जाएँगे।

राधामोहन भाप्पा उजड़े हुए शरणार्थियों को भला-चंगा कहना अच्छा नहीं। अपनी ताम्र-पत्री जबान पर लगाम लगाइए।

जहाँगीरीमल ऊँचे-ऊँचे हँसने लगे। फिर राधामोहन को घूरकर कहा—बिचारे मासूम रजा की गलियों का ध्यान न करो। जमाना ऐसा है कि या तो दूसरे की गाली खा लो, या उसे गाली दे दो।

वेटर ने बिल पेश किया। सलाम साहिब, और प्लेट पर रखा अपनी कमाई का टिप उठा लिया।

दर्शक भारतीय

नए का झिझकते हुए स्वीकार और पुराने को अक्षुण्ण बनाए रखने का आग्रह। पोशाकों में तब्दीली कनॉट प्लेस के बरामदों में देखी जा सकती है। सिरों पर सर्वप्रिय गांधी टोपी और प्रदेशों की धोती। बच्चों के लिए चुन्नटों वाले फ्रॉक, स्कर्ट—नई पीढ़ी के लिए, जो आजाद हिन्दुस्तान में बड़ी होगी उन्हें पुराने से छूट दी जा रही है। जहाँ समारोहों में ढोल, नगाड़ा, शहनाई थे वहाँ राजधानी में खालिस विदेशी आर्केस्ट्रा से लैस संगीत मंडलियाँ पूरे ताम-झाम के साथ पारिवारिक समारोहों में भी देशी-विदेशी धुनें उठाती, लहराती हैं।

घोड़े बैठा दूल्हा भारतीय आँख में बसी प्रचीन सांस्कृतिक छवि है। जब भी अपनाई गई होगी—आज तक नहीं बदली है। घोड़ा, सजीला दूल्हा, साफ़ा, सेहरा और सहबाला—अद्भुत है शुभ समयों की नाटकीयता।

देह पर लिपटी साड़ी, कमर पर करधनी, नाक में लौंग, गले में हार और सिर पर शोभित टीका। कुर्ता-पाजामा पहले कन्धे पर कपड़े का बंगाली थैला लटकाये, पैरों में कोल्हापुरी। युवा भीड़ ने कनॉट प्लेस के पुराने सरकारी वेशभूषा कोड को कब बदल दिया—यह दशकों को मालूम ही न हुआ। सलवार-कमीज और चुनरियाँ सिर पर, गले में—आजादी, आजादी। ठसाठस भरे कनॉट प्लेस के बरामदे चहचहा रहे हैं। स्त्री नागरिकों की देह पर अनोखी भारतीय अन्तरंगता रंगों के अनेक-अनेक शेड—हाथ-करघा। दमकते साड़ियों के किनारे और पल्लू। देह का रहस्य प्रदर्शन और गरिमा एक साथ। बीच-बीच में उभरते हैं तिल्ले सलमे-सितारों के दक्षिण भारतीय कुमारियों के लहँगे, ओढ़नियाँ, राजस्थानी व्यापारी कोठियों को उजागर करतीं। यह सब

तो देश-भर में मौजूद था—मगर आज आजादी के दिन आजाद भारत के नागरिक समाज को परवान चढ़ा है।

आजादी मुबारक,
आजादी मुबारक।

पंडित माउंटबेटन की जय

प्लाजा...

कॉफी हाउस में अदीबों के टेबल से आवाजें उठीं! सुब्बालक्ष्मी की 'मीराबाई' फ़िल्म की एडवांस बुकिंग कल तक थी आज तो चाहें भी तो टिकट न मिलेगा। भीड़ काफी होगी।

—नहीं कुछ सीटें तो आज के लिए भी रखी जाएँगी। हिन्दुस्तानी वजीरे-आजम और गवर्नर जनरल माउंटबेटन फिल्म का उद्घाटन करने जा रहे हैं।

हँसी।

—यार, क्या लॉर्ड और लेडी माउंटबेटन मीराबाई के भजनों को कुछ समझेंगे। लगता तो नहीं कि कुछ भक्ति संगीत का मजा ले सकें।

—नेहरू जी समझाते जाएँगे। भारतीय संगीत का मजा तो गवर्नर जनरल भी लेना शुरू करें तो बुरा नहीं। क्यों कैला साहिब, उठ क्यों गए—कहाँ चल दिए।

—यार मन बना लिया है कि सुब्बालक्ष्मी की फिल्म देख ही डालें।

—हाँ साहिब, कैला साहिब को क्या टिकट खरीदना है जो यहीं बैठे रहें। प्रेस के मजे ही मजे हैं। जेब में प्रेस-पास और आप अन्दर।

—कुछ देर बाद हम भी उठे और सेन्ट्रल पार्क से होते हुए प्लाजा की ओर निकल गए। और लाइन में जा लगे। नम्बर आ गया। विंडो के अन्दर गर्दन हिली—नहीं, सब बुक है।

—देखिए टिकट घर की खिड़की पर हाउस-फुल लगा है।

आजादी के बाद सिनेमा का स्टाफ पहले से कहीं ज्यादा शालीन। नई

वर्दियों में आजादी के बाद वाली विनम्रता। जैसे मिजाज में से कोई पुरानी हेकड़ी ही खत्म हो गई हो। शो देखने के इच्छुक आजिजी से प्यासी आँखों से इनकी ओर देख रहे हैं—कुछ मदद कीजिए।

अचानक पहचान के अशरर दीखे। लपककर पास जाकर कहा—भाई साहिब हाउस तो 'फुल' हो चुका। प्रोप्राइटर से रिजर्व कोटा में से टिकट दिलवा दीजिए तो मेहरबानी होगी।

उन्होंने आँख और हाथ से संकेत दिया—विंडो के सामने आइए।

अशरर साहिब टिकट घर के अन्दर गए। हमने रुपए आगे किए और विंडो से उनका हाथ बाहर की ओर चमका और हमें टिकट पकड़ा दिया गया।

—थैंक्यू। थैंक्यू सो मच!

हम जानते थे कि आज तो यह प्लाजा का खासुलखास टिकट है। इस एक ही टिकट में हम दर्शन करेंगे मीराबाई बनी सुब्बालक्ष्मी के, लॉर्ड माउंटबेटन और लेडी माउंटबेटन और सबसे ऊपर अपने प्रिय नेता जवाहरलाल नेहरू के। इन ऐतिहासिक हस्तियों के भी क्या कहने!

भीड़ इन्तजार में खड़ी है। चार-छह पुलिसमैन इधर-उधर मँडरा रहे हैं शायद दो-एक प्लेन कपड़ों में खुफिया भी होंगे।

हमारे सहकर्मी कैलाशपति पास आन खड़े हुए—देखिए पुराने साम्राज्यवाद की पुनःव्याख्या हो रही है।

नहीं उस्ताद, अब तो यह शब्द मत इस्तेमाल कीजिए। भारतीय परम्परा के साँचे में सोचें तो नया भारत अंग्रेज को चुनौती दे रहा है। अपनी फराख़दिली भी बता रहा है। जब मुल्क से आपकी हुकुमत को धकेला था तो और बात थी, अब भारत की जनता ने माउंटबेटन को आजाद भारत का गवर्नर जनरल बनाया है साहबों, यह कुछ और बात है।

जैसे ही राजसी गाड़ी झंडे के साथ प्लाजा की ओर मुड़ी, भीड़ कायदे से एक ओर हो गई और मेहमानों के आते ही हथेलियाँ हिलने लगीं। तालियाँ, तालियाँ—समताल में। जनता की भंगिमा कुछ ऐसी कि हम पुरानी कड़ुवाहट को भूलना भी जानते हैं और अंग्रेज गवर्नर जनरल का स्वागत करना भी जानते हैं।

एक और कार—बोनट पर तिरंगा लहरा रहा है। उसमें से उतरते हैं देश

के प्रधानमंत्री और उनके साथ भक्ति संगीत की प्रसिद्ध गायिका सुब्बालक्ष्मी। एक बार फिर तालियों की गड़गड़ाहट होती है।

नारे गूँजते हैं—

हिन्दुस्तान ज़िन्दाबाद,

भारत माता की जय।

महात्मा गांधी की जय,

जवाहरलाल नेहरू की जय।

माननीय अतिथियों के सीढ़ियों पर चढ़ते हुए अचानक बिजली गुल हो जाती है। जो जहाँ खड़ा है, खामोशी से वहीं टिक गया। जनता गर्व से बता रही है कि बेशक गवर्नर जनरल अंग्रेज हैं मगर अब वह आजाद भारत द्वारा नियुक्त किए गए हैं। नई सरकार को यह भी प्रकट किया जा रहा है कि हम राजधानी के निवासी अनुशासन को नहीं भूले। बिजली की चकाचौंध में सीढ़ियों पर निश्चल खड़े हैं भारतीयों के गवर्नर जनलर लॉर्ड माउंटबेटन और लेडी माउंटबेटन। दर्शनीय दम्पति! साथ खड़े हैं नेहरू जी अपनी सफ़ेद खादी की पोशाक में। और उनके साथ चौड़े पाट की दक्षिणी साड़ी में सुब्बालक्ष्मी। भीड़ फिर जोश में आ गई।

पंडित नेहरू की जय,

पंडित माउंटबेटन की जय।

वाह अंग्रेज माउंटबेटन को भी पंडित गवर्नर जनरल भी बना दिया। नारा बुलन्द। जय नारे से इस्तकबाल।

नेहरू खड़े-खड़े ज्यामिति कोण से चारों हाथ हिलाकर जनता के अभिवादन को स्वीकार कर रहे हैं। सुब्बालक्ष्मी जी ने हाथ जोड़ दिए।

गवर्नर जनरल और उनकी पत्नी नई स्वाधीन प्रजा को देख हल्के-से मुस्करा रहे हैं। क्या जोड़ा बनाया है अल्लाह मियाँ ने।

नए हिस्दोस्तान के गवर्नर जनरल मन ही मन जरूर सोच रहे होंगे— हमारा नहीं अब यह हिन्दुस्तानियों का हिन्दोस्तान है।

धीमी गति से चलती फिल्मी भक्ति-रस में डूबे सुब्बालक्ष्मी के गानों के सिवाय ऊबने के दृश्य देखते-देखते उस शो का सरूर तो बस एक ही था कि प्रधानमंत्री नेहरू और गवर्नर जनरल के साथ बैठकर एक ही शो में फिल्मी देखी जा रही है। फिल्म समाप्त हुई।

राष्ट्रीय गीत पर पूरा हॉल खामोशी से खड़ा हो गया। हर सिर ऊँचा उठा जैसे हर कोई अपनी-अपनी जगह पर जमा रहा। आखिर हम हैं आजाद नागरिक और यह है हमारा राष्ट्रीय गान। दूसरे राष्ट्रीय गीतों का क्या होगा उस्ताद। वह भी गाये जाएँगे—सारे जहाँ से अच्छा हिन्दोस्ताँ हमारा। क्या इसे पाकिस्तान वाले गाएँगे। और वन्देमातरम् मातृभूमि के साथ तो यह हमेशा जुड़ा रहेगा। माननीय अतिथि गाड़ियों में विराजमान हो गए तो दर्शक धीरे-धीरे बाहर सरकने लगे।

कैलाशपति जाते-जाते बोले—फिल्म तो जो थी सो थी। सुब्बालक्ष्मी का स्वर तो अद्भुत—मगर यार हिन्दुस्तानियों का भी जवाब नहीं। माउंटबेटन को भी पंडित बना दिया। लगता है यहाँ ब्राह्मण ही राज करेगा।

दिल्लीवाल लक्ष्मी में

फकीरचन्द ने हाथ का बंडल मेज पर रखा। कुर्सी पर बाँहें फैला दिन की थकन उतारी। पानी का गिलास मुँह को लगाया ही था कि सामने मुकन्दीबाबू नजर आए।

बन्दगी की। फिर हँसकर कहा—हुजूर आप तो क्वालिटी के ही हो गए। वहीं नजर आते हैं। मालूम होता है, पंजाबी पूरी-छोले भा गए।

मुकन्दीबाबू हँसे।

—आइए यहीं आ जाइए। घर से मायके तशरीफ ले गई हैं और अम्मा की तबीयत ठीक नहीं। बस यहीं से खाते हुए निकल जाता हूँ।

वेटर ने मीनूकार्ड सामने रखा। अभी तो चाय ही ऑर्डर करें—दो समोसे, दो चाय। हाँ, टमैटो-सॉस नहीं चाहिए। पुदीने की तीखी चटनी लाइएगा।

—यार कुछ भी कहो—अपने शहर का जायका तो दो ही रेस्तराँ मुहैया कराते हैं—लक्ष्मी और वैंगर्स।

—वैंगर्स को तो छोड़ ही दें फकीर साहिब—वहाँ भी अब चीज पकोड़ा के साथ अपनी चटनी ही बाकी है। इन्हीं दोनों की मालिकी दिल्लीवालों के पास है। बाकी तो छोटे-बड़े सब पंजाबी पुत्रों ने हथिया लिये। इनके लिए मुश्किल भी क्या है? क्लेम लिया और रेस्तराँ में इनवेस्ट कर दिया। मालूम नहीं अपने कुटुम्ब-कबीलों को क्या खिलाते हैं?

—सरकार मार इन्हीं लोगों की इमदाद पर। देखने पर आओ तो जो चेहरा मालिक का, लगभग वैसा ही वेटर का। साहिब इन्हें किसी काम का परहेज नहीं। कुछ भी कर लेते हैं। बर्तन माँज लेंगे, मच्छी तल लेंगे, फिर

छाबड़ी पर खड़े हो आवाज भी लगा लेंगे। मुकन्दीबाबू इनके खिलाफ नहीं कह रहा पर गौर करें तो इनका कायदा कुछ ऐसा ज्यों प्लेटफार्म पर बैठे हों। वहीं मर्द, वहीं औरतें और वहीं बच्चे। शहर का तो माहौल बिगाड़ दिया।

इनमें भी कुछ खानदानी लोग हैं। यार्कवाले सरदारों को देखो। हर शाम सरदार भाई मौजूद रहते हैं रेस्तराँ में—स्टाफ पर आँख रखते हैं। किशोरी चचा बता रहे थे सरदारों के अपने परिवार के लोग भी आएँ तो उन्हें भी अपना पेमेंट करना होता है। बड़ा सरदार तो निगरानी रखने में पुलिस को मात दे।

तभी तो यार्क के साथ-साथ चाइनीज भी चल रहा है। एक यार्क दूसरा गिंजा। गिंजा में तो मैनेजर भी चाइनीज है।

यार्क तो तन्दूरी ही पेश करता है। तन्दूरी खाने में मेहनत कम है। तन्दूर में लगाया, पकाया, खाया और हजम।

इनका चलन यही है। अपनी मौसेरी बहन लाहौर ब्याही थीं। कहती थीं—वहाँ के लोग खाने-पीने में ही लगे रहते हैं। उनके यहाँ कहावत थी—

खाया पीया लाहे का
बाकी अहमदशाहे का।

जो खा-पी, पहन लो सो अपना, बाकी बचा सो हमलावर अहमदशाहे का।

मुकन्दीबाबू को मीठे की तलब हो रही थी।

—फकीरचन्द कुछ मीठा हो जाए। क्या पसन्द करोगे—राजभोग कि इमरती!

एक-एक इमरती हो जाए।

दफ्तर की मंडली

दफ्तर की दफ्तरी शाम को लक्ष्मी रेस्तराँ में पहुँच गई। किसी ने किसी का कुछ कहे बिना ही कनॉट-सर्कस के इस 'दिल्लीवाले' रेस्तराँ को तय कर लिया।

हुआ कुछ यूँ कि मीटिंग खत्म होते ही बॉस के सामनेवाली आँखों की नरमाई और अनुशासन की चिकनाई रूह में जा छिपी। चिक से बाहर होते ही तीनों ने एक-दूसरे को देखा और शाम की चाय के लिए रेस्तराँ तय कर लिया। रेस्तराँ होटल अपनी जगह। मूड का भार तौल भी इस पर मुनहसिर करता है।

एक ही ग्रेड के तीन तिलंगे ऐन छह बजे 'लक्ष्मी' रेस्तराँ में दाखिल हुए।

पानी के गिलास पेश कर दिए गए।

वेटर साहिब, पुराने चेहरों पर उनकी पसन्द खोजते रहे।

—ऑर्डर साहिब।

—हॉट चाकलेट।

—हॉट ओवलटीन।

हशमत ने ऑर्डर की चाय, दो प्लेट चीज पकोड़ा और तीन पाइन एप्पल पेस्टरीज।

जी साहिब।

—माथुर हँसे।

—क्या हम कुछ सैलीब्रेट करने यहाँ पहुँचे हैं। नजूम के हिसाब से अगली गणतंत्र दिवस कमेटी से हम तीनों को बाहर ही समझिए।

—तीनों क्यों? आप दोनों ने तो कुछ कहा ही नहीं।

—नहीं यार हमारी चुप्पी से जाहिर था कि नए प्रस्ताव में हमारी सहमति नहीं है।

—आखिर बात क्या बनी? इस बार तो बच्चों के लिए पुराना मीनू चलेगा। अगली बार शुरू होगी दुकानदारी।

—क्या मतलब?

—वही। जिस महकमे से ठोकर खाकर साहिब बहादुर यहाँ पहुँचे हैं, जनाब लौट-पलट के वहीं कड़ाह रखवाएँगे और वहीं का मीनू बँटवाएँगे।

—मसलन।

—यार कितनी दिलचस्प थी ओवलटीन को रिजेक्ट करने की अदा।

—क्यों, क्यों, ओवलटीन क्यों दी जा रही है बच्चों को। वह भी सुबह-सुबह।

—इसलिए कि बच्चे स्टेडियम से विजय चौक तक मार्च करते हैं। साहिब हैरानी से बोले—तो उन्हें ओवलटीन के साथ सेब, केला, सैंडविच दिया जाता है क्यों?

—नारिशमेंट के खयाल से।

—क्या हिमाकत है—उन्हें कुछ खाने को मिलना चाहिए—साहिब से ऊँचे ग्रेड में पहुँचे हुए सदस्य ने कहा—यह मीनू बहुत सोच-समझ के बनाया गया था। हैल्थ मिनिस्टरी के सुझाव पर।

आँखों में नई कुर्सी और नए पद की भभक उभरी। दूध की जगह ओवलटीन। दूध क्यों, वह काफी दिलचस्प है। किसी ने टंगड़ी लगाई।

इंडिया गेट पर दूध का इन्तजाम विभाग कैसे करेगा, फिर ओवलटीन—बच्चों के लिए कम्पनी गणतंत्र दिवस के उपलक्ष्य में फ्री बाँटती है।

साहिब बड़े मजाक से हँसे जैसे किसी को रँगे हाथों पकड़ लिया हो।

—खुद ब खुद। आपको नहीं दिखता कि भारी मूठ बटोर रहे होंगे। कैसे सर्व करते हैं वह ओवलटीन बच्चों को।

—कम्पनी अपनी मोबाइल वैन भेजती है। उन्हीं का स्टाफ बनाता है और वहाँ सर्व करता है। कभी कहीं कोई झमेला नहीं हुआ।

साहिब हँसे।

—शर्मा जी, लग तो रहा है कि आप ओवलटीन कम्पनी के एजेंट हैं।

शर्मा जी ने एक तीखी मगर भोली नजर कमेटी के सभी मेम्बरान पर डाली और मुस्कराकर कहा—सर ऐसा होता तो आपका खादिम यहाँ न बैठा होता। हशमत के दिमाग में न जाने क्यों खयाल कौंध गया—साहिब कचौरी की ओर बढ़ रहा है। मन ही मन कहा—जरूरी कचौरी ही नए साहिब की मंजिल है।

माथुर साहिब ने बीच में टोककर कागज पर टिक मार्क किया और नए साहिब से पूछा—ओवलटीन चलने दें कि इसकी जगह कुछ और दें।

साहिब को लगा एक कदम आगे बढ़े हैं। बड़े दानी अन्दाज में कहा—अपने यहाँ जो यूनीसेफ का दूध आता है, वह क्यों न दें।

—वह स्कूलों को बाँटा जा चुका है।

—दिल्ली मिल्क-स्कीम को लिखिए—

माथुर साहिब ने बड़ी शायस्तगी से हँसकर कहा—साहिब दूध को डिस्ट्रीब्यूट कैसे करेंगे?

सर बड़ी व्यंग्य-भरी आवाज में बोले—ओवलटीन इंडिया गेट पर सैकड़ों बच्चों को सर्व किया जा सकता है तो दूध क्यों नहीं?

हशमत आगे बढ़े।

जनाब ओवलटीन वालों के पास किचनैट से फिक्स अपनी मोबाइल वैन है—पूरी सर्विस है। ओवलटीन और हैल्थ-मिनिस्ट्री द्वारा सैक्शन मीनू को बदलने से पहले गम्भीरता से सोचना होगा।

साहिब के तेवर चढ़ गए—विदेशी कम्पनी को हम क्यों यह सहूलियत और सहमति दे रहे हैं। यह भी सोचा है आपने।

हम कुछ भी ऐसा नहीं कर रहे जो गलत हो। कम्पनी को कोई पेमेंट नहीं होती—अपनी प्रोडक्ट का विज्ञापन भर करके खुश है। फिर अब तो वह हिन्दुस्तानी कम्पनी ही समझिए।

नए साहिब ने ललकार-भरी ठंडी आँखों से तरेरा और मामूली अदा में कहा—सोच लेंगे।

—मैं ऊपर बात करूँगा।

गणतंत्र दिवस परेड में पहली बार भाग लेनेवाले बच्चों के लिए जिस कमेटी ने यह निर्णय लिया था, उसे एक बार फिर से देख लेना जरूरी होगा। एक साथ दो-तीन आवाजें उभरी—देखिए माथुर साहिब फाइल में ऑर्डर होगा।

जी—फाइल के पन्ने पलटकर माथुर ने सर के आगे कर दिए—सर ने सदस्यों के नाम पढ़े और न्यूटरल गले से कहा—ख़ैर इस बार यही चलने दीजिए—अगले साल के लिए चुनौती।

अगले गणतंत्र दिवस के लिए सदस्यों को बाकायदा भभकी। अपना-अपना प्याला उठाकर तीन तिलंगे हँसे—

माथुर साहिब अगले साल के लिए क्या भविष्यवाणी है।

यही कि इस बार के मीनू की जगह और ओवलटीन पर एतराज सर्वसम्मति से लिफाफे बनेंगे—बच्चों के लिए लड्डू, समोसा, मठरी, वह भी सुबह-सुबह।

लिखवा लीजिए—अगली कमेटी से हम तीनों बाहर। और कॉरपोरेशन का हलवाई अन्दर। समझे साहिब।

लक्ष्मी की शाम को वही जब बरामदे में पहुँची तो तीन जोड़ी आँखें अपने-अपने रसूख को तोलने लगीं। अगले गणतंत्र दिवस पर जरूर तीनों बाहर होंगे।

मिल्क बार

हर रेस्तराँ अपनी साज-सज्जा, फर्नीचर, कार्पेट, लाइट्स, रंग-संयोजन, क्राकरी कार्पेट, वेटर्स—उनकी पोशाक और रेस्तराँ के मैनेजर के कद-बुत और उसकी चौकस आँख से बनी एक मुकम्मल तस्वीर है। इस तस्वीर की दूसरी ओर है किचन-पैन्टरी, कुक-शेफ जो ऑर्डर को मेज पर हाजिर करने की तालीम रखते हैं। हर चीज अपनी जगह पर, फिर भी वेटर्स की नपी-तुली चाल और हाथ की ट्रे रेस्तराँ में चलते-फिरते कुछ नया रंग देती है जब ऑर्डर मेज पर सर्व कर दिया जाता है। एक मजबूत घेरा बना रहता है रेस्तराँ की स्पेस पर।

सिन्धिया हाऊस, कर्जन रोड चौराहे के ठीक सामने सेन्ट्रल होटल के नीचे वाली दुकानों की कतार में एक ओर अमृत बुक डिपो और दूसरी ओर हिन्दी पुस्तकों का राजकमल।

मिल्कबार था मशहूर आइसक्रीम और मिल्कशेक के लिए। दर्जनों किस्म की आइसक्रीम—अलग-अलग कुतरन और हवाई करते रंगों और जायकों में। बादाम पिस्ता, खाजा मूँगफली, टूटी-फ्रूटी, मिड-नाइट ब्यूटी। विमटो आइसक्रीम, डस्टी रोड चाकलेट, पिस्ता स्ट्राबरी, वनीला, ओरेंज और बनाना और इन सबसे बढ़कर फुल फ्रूट और क्रीम। और इससे भी आगे आजादी स्पेशल।

भारत अब आजाद है। माता-पिता के साथ पूरी सज-धज में छोटे-बड़े बच्चे। चेहरे पर सचमुच में आजादी की रौनक। लड़कियाँ फ्रिलदार फ्रॉकों में और लड़के मार्किट में नए आए नेवी-सूट, निकर कमीज में। पके अधेड़ चेहरे कुछ देर की परेशानियाँ भूल मिल्कशेक आइसक्रीम की इन्तजार में। इन्तजार। गले तक पहुँचने से पहले ही तरावट। सन्तुष्टि और वह भी अनोखी। काँच के लम्बे गिलासों में आपकी ओर बढ़ती चैन देनेवाली ठंडक। वाह!

बिल पे किया और 'आप' बाहर निकले। सामने ग्वालियर पौटरी का चमचमाता साइन-बोर्ड नीली बत्तियों में लिखी इबारतें—दाएँ से बाएँ और बाएँ से दाएँ। कोने में कार का बड़ा शो रूम।

सिन्धिया हाऊस के स्टैंड पर आ रुकी पुलमैन। दिल्ली की सबसे ऐलीगेंट बस। रंग-रोगन ए-वन। पूरी ग्वालियर ट्रांसपोर्ट की लाल बसों में मोतिया। बढ़िया गद्देदार सीटें, खिड़कियों के साफ़-सुथरे काँच आसानी से ऊपर-नीचे जाते शटर और लहराते हल्के क्रीम परदे। बढ़िया आरामदेह सीटें। नई दिल्ली की सड़कों पर नया तोहफा—दिल्लीवालों के लिए। नीचा फुटबोर्ड। लोग कायदे से उतर रहे हैं। चढ़ रहे हैं। पुलमैन का रूट सेक्रेटेरिएट से कश्मीरी गेट। किराया दूसरी बसों से कुछ ज्यादा। जिस मिल्कबार से बाहर निकलते ही बस मिले और वह भी पुलमैन उसे क्लाइंटेल की कोई कमी नहीं।

मिल्कबार बरसों पेय और आइसक्रीम के चुनावों पर जगमगाता रहा। फिर अचानक इसके प्रवेशद्वार पर कुछ उदासी-सी उतरने लगी। और देखते-देखते एक शाम इसके दरवाजे बन्द हो गए। अन्दर के मेज-कुर्सी एक बेजान ढेर में बदल गए। पिछले दरवाजे से हमेशा के लिए उठा लिये जाएँगे। देखकर जाने क्यों हशमत को मिल्क शेक और आइसक्रीम याद आने लगे और याद में ही हलक सूखने लगी।

देखनेवालों ने कयास लगाया कि जरूर बड़ी मोटी पगड़ी हथिया ली गई है।

दूध पीनेवालों के लिए एक और छोटा-सा मुनिया सा कम्पार्टमेंट की तरह लम्बोतरा कवैन्टर मिल्क सेन्टर। वैंगर्स की चौड़ी सीढ़ियों के नजदीक ही अपनी दूधिया हैसियत बनाए हुए। क्वैन्टर शब्द उन दिनों दूध का पर्याय था। खासे ग्राहकों को अपनी ओर खींचता—बच्चे, बूढ़े और जवान जो अपनी सेहत के खयाल से जेब के हिसाब से फ्राइड को दूर रखना चाहते—वह यहाँ खासी भीड़ बनाए रखते। शरणार्थी बिरादरी रिहायश और रोजगार ढूँढ़ने की जल्दी में। लंच को बिसराकर कवैन्टर की बोतल ली, पी और ऊपर से सुख-सन्तोष यह कि दूध पीया है। इन मुश्किल वक़्तों में तन को लगेगा।

मिल्कबार वाले बरामदे से गोपीनाथ हरनारायण के आगे से होते हुए मरीना होटल पार करें तो पंचकुइयाँ की खोखा मार्किट की हलचलें ही कुछ दूसरी।

पटरी पर समोसा सेन्टर

खाने के चसकोरों के लिए कनॉट प्लेस के पास ही एक मशहूर समोसा सेन्टर खुला। ठीक मरीना होटल के सामने पंचकुइया की ओर जाती सड़क की पटरी पर। लकड़ी के खोखे पर हाथ से उर्दू में लिखा बोर्ड लटका दिया गया था।

समोसा सेन्टर
समोसा वैज–मटर
और
समोसा नानवैज–कीमा

समोसों के साइज इतने बड़े कि एक में तीन देसी समोसे आ जाएँ और दो में बंगाली सिंघाड़े। जायका बला का और एक समोसा खा लो तो घंटों भूख न लगे। कीमा समोसा तो ऐसा भरपूर कि पहले भूख जगाए, खा लेने के बाद ऐसी मिटाए कि घंटों तक खाने की फुरसत हो जाए।

यह दुकान खूब चली। इतनी कि अमूमन बड़ी पार्टियों में समोसे की सप्लाई यहीं से होती। और खूब पसन्द की जाती। समोसा सेन्टर के सामने पटरी पर एक बड़ी अँगीठी और कड़ाही रखी रहती। खोखे से झाँकते वनस्पति घी के टीन। समोसा मास्टर अक्सर बनियान और लाचे में मैदा मलते नजर आते।

इधर समोसा प्रमोशन को लेकर पंजाबी समोसा मास्टर ने कुछ और चक्कर चलाया। समोसा सेन्टर का यह नया कदम कुछ कम दिलचस्प न था। ग्राहकों को लुभानेवाला। दर्जन समोसों का ऑर्डर लेकर जो आए वह वहाँ खड़े होकर गर्म–गर्म गुलाब जामुन की एक प्लेट—यानी दो गुलाब

जामुन का मुफ्त मजा ले ले। पार्टियों में सर्व करने के लिए जो लोग समोसे उठाने आते उनके लिए यह कम इंसेंटिव नहीं था।

इस तरह की छोटी-छोटी कोशिशों में धीरे-धीरे—इतने धीरे कि इन्तजाम करने में महीनों नहीं साल गुजर गए। पहले पटरी पर खोखे बने, झुग्गियाँ पड़ीं, कभी उखड़ीं, बदलीं और फिर दुकानों में तब्दील हो गईं। यह मरीना के सामनेवाला कोना समोसों की गन्ध से महकता रहा। यह सेन्टर जब यहाँ से करोलबाग पहुँचा तो ग्राहक कनॉट प्लेस की दूरी से परेशान हुए। पंचकुइयाँ समोसा सेन्टर का बोर्ड कुछ दिन वहीं लटका रहा।

तख्ती पर मीनू

बोर्ड रोड पहुँचे तो देखा ठीक चौराहे के किनारे तिपाई पर एक घिसा-फटा मेज़पोश डालकर एल्युमीनियम का काला हुआ केटल रखा हुआ। यही कि आइए—यहाँ चाय मिलती है। इस 'बिचारी' मगर आत्मसम्मानी अदा ने दोस्तों को आकर्षित किया। लोहे की पुरानी लड़खड़ाती चार बदरंग कुर्सियाँ और वैसा ही लड़खड़ाता टेबल।

हम लोगों ने कदम उठाया और पटरी पर। सरदारजी ने ऐसे स्वागत किया जैसे कोई चमचमाता रेस्तराँ हो।

—आइए—तशरीफ रखें।

—चाय। और क्या मिल सकता है?

सरदारजी ने बढ़िया गाचनी से पुती हुई तख्ती पर कलम से उर्दू में लिखे आइटम चारों के आँखों के सामने घूमा दिए।

—टोस्ट बटर

—सैंडविच

—पकौड़े

—नान खताई

और

—परांठा आजवाइन वाला। (विलायती घी का तला)

इस ईमानदारी और आत्मविश्वास को देखकर हम लोग हक्के-बक्के रह गए और इस पर हँस न सके।

हशमत ने इश्तहार छपाई के उस जमाने में प्रिंटिंग की जगह तख्ती पर मीनूकार्ड की इबारत न उस दिन के पहले देखी थी और न उसके बाद।

उठते-उठते चाहा कि नमक आजवाइनवाले दो परांठे का ऑर्डर दें मगर हिम्मत न पड़ी।

शरणार्थी, रिफ्यूजी या विस्थापित—स्वाधीन राष्ट्र के इन नागरिकों को भला किस नाम से बुलाया जाए।

स्टैंडर्ड रेस्तराँ में

हम अपने दोस्त के साथ रीगल सिनेमा से पिक्चर देखकर ऊपर की लॉबी में से स्टैंडर्ड के नम्बर दो हॉल में दाखिल हुए तो सामने के टेबल पर नरेश मेहता और श्रीकान्त वर्मा इन्तजार में बैठे थे। हमारे सहकर्मी माथुर हिन्दी कवियों को तपाक से मिले। फिर इजाजत से स्टैंडर्ड के हॉल नम्बर एक की ओर निकल गए। जाते हुए कहा—

—सवा सात साढ़े सात लौटने का रहा।

—बिलकुल वक़्त पर पहुँचेंगे। स्टैंडर्ड में यही तो आराम है। यहाँ से वहाँ—

नरेश मेहता और श्रीकान्त वर्मा बिना एक दूसरे को देखे ही एक दूसरे को झाँकने लगे।

हमने उनकी मौन जिज्ञासा का अनुमान लगा लिया।

श्रीकान्त ने पूछा—आप लोग बाद में भी कहीं जानेवाले हैं क्या?

—नहीं, पहले तो अतुल ग्रोव तक जाना होता था। पैदल ही, पर अब बस या टैक्सी लेते हैं। टैक्सी ले रहे हों तो एक डाइरेक्शन में जानेवाले टैक्सी शेयर कर लेते हैं। आसानी से बस मिल जाए तो कहीं भी मिलने की जगह तय कर लेते हैं—अगर कनॉट प्लेस के बीच तो गलगोटिया या रामाकृष्णा नहीं तो ओडियन और जनपथ पर हों तो सिन्धिया हाउस।

बेयरा साहिब ऑर्डर के लिए खड़े हैं।

—आप क्या लेंगी—

—एस्प्रैसो कॉफी।

—आप

—एस्प्रैसो—

—हमारे लिए चाय—

—आप लोग खाने में क्या लेंगे?

नहीं, कुछ नहीं।

हम लम्बी पिक्चर देखकर आए थे—भूख को जगाना नहीं था। वह इन्तजार में थी।

—एक प्लेट सैंडविच और एक प्लेट चीज़ पकौड़े।

श्रीकान्त बोले—हमारे लिए न मँगवाइएगा—वैसे यहाँ के चीज़ पकौड़े अच्छे होते हैं। दाम भी वाजिब।

नरेश मेहता पर उन दिनों लखनऊ, इलाहाबाद का रंग था। उनकी भाषा में बंगाल का। 'भूले बिसरे चित्र' पर बातचीत होती रही। जाने उन्हें क्यों लगा कि हम उपन्यास की चर्चा में ज्यादा दिलचस्पी नहीं ले रहे।

—दिल्ली में संस्कृति का अभाव है।

हम हैरत से देखा किए फिर तल्खी से कहा—भला यह कैसे कह रहे हैं आप?

—बुरा न मानिए—पिक्चर देख लेना या रेस्तराँ में वक़्त गुजारने को क्या संस्कृति कहा जाएगा?

श्रीकान्त जैसे असंख्य अफसर बेटों के इस तरह के डायलॉग्स का भी वह दौर था। अपने को आजादी की हवा में पाकर कुछ तल्खी, कुछ बदतमीजी और रुसवाई की शैली में दूसरों को इस प्रकार करने को क्या संस्कृति कहा जाएगा। देखने का एक दृष्टिकोण यह भी हो सकता है, यह तो हमने कभी सोचा ही नहीं।

दिल्ली निवासी होने के नाते हमें अच्छा नहीं लगा। और हमने बिना कुछ कहे मुँह चढ़ाया।

—आपने यह कैसे सोच लिया कि हम लोग सिर्फ पिक्चर देखते हैं और रेस्तराँ में बैठे रहते हैं। साहिब हम लोग भी पढ़ते-लिखते हैं। प्रदर्शनियाँ देखते हैं। संगीत सभाओं में जाते हैं। नाटक करते ही नहीं—देखते भी हैं।

श्रीकान्त व्यंग्य से हँसे।

—सप्रू हाउसवाले पंजाबी नाटक।

यहाँ दो-चार संगीत सभाओं का अनुभव तो मुझे हुआ नहीं। हाँ हमारे

प्रदेश की संगीत सभाओं की पुरानी परम्परा है। कवि सम्मेलनों की। पुस्तकों पर गोष्ठियों की।

हमने चाहा एक कड़ा-सा जवाब दें। फिर जाने क्यों पटरी बदल ली—यहाँ का शहरी ज्यादातर करके वेतनभोगी मध्यवर्ग है जिसे सफ़ेद कॉलर के नाम से पुकारा जाता है।

—आप अपने को किस श्रेणी में रखेंगे।

—ठेठ मध्यमवर्ग और यह भी कि मध्यमवर्ग होने का गर्व भी करते हैं।

हमने कवियों को संजीदगी से देखा, लगा वह दोनों हमारे चेहरे पर कोई पीले बीमार चकत्ते देख रहे हैं। वाइट-कलर। हमारी अन्दर की खामोशी से मथकर एक लफ्ज लपका पर हमने उसे गले में ही रोक दिया—चुप्प। यह दोनों दिल्ली से कहीं बड़े शहरों की पौध हैं। हमें मानना पड़ा कि दोनों के पास तेज तीखी निगाह जरूर है क्योंकि अगली ही साँस में उन्होंने कहा—आप बम्बई और कलकत्ता तो घूमे होंगे। उन दोनों शहरों और दिल्ली में कुछ फर्क है।

हमने हँसकर कहा—कलकत्ता बम्बई से तो दिल्ली बहुत छोटा है। दिल्ली से बड़ा तो लाहौर ही था। हाँ श्रीकान्त आपकी 'कृति' पत्रिका निकलती रहेगी।

श्रीकान्त ने हैरत से देखा—

—क्या उसका कोई अंक आप देख पाए।

—हाँ।

—मतलब यह कि आपको भी इसके प्रकाशन का अता-पता है। आप कौन-सी बुक शॉप पर जाते हैं।

—तीन-चार हैं, जहाँ से नजदीक हुआ, वहीं चले गए।

—हिन्दी की किताबें तो कहीं दीखती नहीं।

—एक दो अच्छी जगहें थीं पहले। अमृत बुक डिपो, सस्ता साहित्य मंडल और उसी बिल्डिंग में राजकमल का शोरूम भी हुआ करता था, कनॉट प्लेस में चक्कर लगाते हुए वहाँ रुकना होता ही था।

—यह बताएँ, कवि सम्मेलन, संगीत सम्मेलन अक्सर होते रहते हैं क्या?

—इतने 'अक्सर' नहीं कि उनसे जी भर जाए। जश्ने-जम्हूरियत, शंकर

प्रसाद मुशायरा और स्वतंत्रता दिवस पर कवि सम्मेलन हर बरस होते हैं।

—बस।

—हर बरस?

हमने मजाक पर उतरने का इरादा कर लिया—वह भी क्या कम। 15 अगस्त, 26 जनवरी, क्रिसमस, नया बरस, वसन्त, होली। सब त्योहारों पर कुछ न कुछ होता ही रहता है। कला प्रदर्शनियाँ अलग से। फिर रामलीला, दशहरा, दीवाली—हमारे देश में तो सारा बरस त्योहारों में पिरोया हुआ है।

श्रीकान्त के चेहरे पर रुखाई उभर आई और नरेश मेहता हँसने लगे—मैं आपसे साहित्यिक शामों की बात पूछ रहा हूँ। अगर वह चाहें तो...

हमने गम्भीरता से कहा—कुछ न कुछ होता ही रहता है। प्यारेलाल भवन, दीवान हॉल, दिल्ली पब्लिक लाइब्रेरी, आई.एफ.एक्स. हॉल, कनॉट प्लेस का सेन्ट्रल पार्क।

—आप तो इमारतों के नाम गिना रहे हैं। मैं तो इतना जानना चाह रहा हूँ कि शहर के माहौल में साहित्य और कलाओं का कितना हिस्सा है।

जितना भी है घना है। आजादी के बाद नया होकर उभर रहा है। वैसे जो आप जानना चाह रहे हैं उसके जवाब में इतना ही कि यहाँ की आबोहवा भी अच्छी है। साहित्य अकादमी, ललित कला अकादमी, नाट्य विद्यालय, कमानी।

—फिर भी साहित्य चर्चा और साहित्यकारों की कमी खलती है।

—नहीं साहिब दिल्ली की गलियों में तो कवि, शायर, लेखक भरे पड़े हैं। आज से नहीं सदियों से। श्रीकान्त गालिब को क्यों भूल रहे हैं।

—जो भी कहिए—दिल्ली तो मध्यवर्ग का ही शहर नजर आता है।

भारतीय श्रमिकों से जुड़े लोगों का दृष्टिकोण कुछ अटपटा ही लगा। इन्हें अपनी राजनीतिक पार्टियों की वाइट-कलर की क्लास नहीं दीख रही। धीरे-धीरे अपने पर पुती जा रही दिल्ली की सफ़ेद कलई नहीं दीख रही। इन दोनों दोस्तों के इस संवाद को सुन हम खीझ गए।

—देखिए—अपने-अपने जन्मस्थानों को लेकर दिल्ली में रहिएगा तो आपको सब मामूली नजर आएगा। हमारे शहर के साथ आप नाइंसाफ़ी कर रहे हैं। हमें विश्वास है कि अगर कुछ बरस और यहाँ टिकेंगे तो यहाँ से जाने का नाम न लेंगे।

बेयरा ने हाथ में एक चिट दी।

हमारे दोस्त की ओर से था—आपके पिताजी—आपके चचा साहिब के साथ यहाँ बैठे हैं। उनसे बात हुई तो कहा—सब लोग इकट्ठा चलेंगे 7:30 पर।

हमने रजधनिया शिष्टाचार से बात को तनिक और लम्बा किया और इजाजत ली।

हाथ की चिट मेज पर ही छोड़ दी क्योंकि बेयरा के चिट देने के दरमियान एक दूसरे को संकेत करते देख चुके थे। सो चिट छोड़ना जरूरी था कि उन्हें मालूम हो कि सिर्फ दोस्त नहीं—हमारे पिताजी भी इन्तजार कर रहे हैं। नतीजों पर पहुँचनेवाली ऐसी अदाएँ हमने अपने साथियों में खूब देखीं। वैसे मानना होगा कि दिल्ली का सलीका अपनाने में श्रीकान्त ने कोई कसर न रखी। दिल्ली की परायी-परायी लगनेवाली साफ़-सुथरी चौड़ी सड़कों पर चलते-चलते उन्होंने तीन मूर्ति लेन पर पहुँच कर ही दम लिया। अपने परिश्रम से दिल्ली के राजनीतिक कार्य, सांस्कृतिक कार्य को अपने में सोखकर वहाँ पहुँचे जहाँ बहुत कम लोग पहुँचते हैं। बाद के बरसों में हमने श्रीकान्त को शहर की कीमती से कीमती जगहों पर आराम से बैठे देखा। एक छोटे शहर के बेटे ने इस अवधि में क्या से क्या अबूर नहीं किया—हम सभी इससे वाकिफ हैं।

नरेश मेहता ने अपनी कलम की खातिर इलाहाबाद जैसे छोटे मगर बड़े शहर की ओर मुँह किया। एक ऐसे शहर की ओर जहाँ छोटे शहरों का सगापन अभी भी महफूज था। श्रीकान्त के आसपास दिल्ली के सभी राजनीतिक, सांस्कृतिक सन्दर्भ बिछे थे। उनकी आँखें दिल्ली की अभ्यस्त हो चुकी थीं और दिल्ली में साहित्य संस्कृति की कमी की चिन्ता भी कम हो चुकी थी। अब वह सिर्फ अपने प्रदेश के नहीं—दिल्लीवालों की नजरों में अखिल भारतीय नागरिकों के नामों में शुमार थे जैसे कामथ देशमुख, कमलादेवी चट्टोपाध्याय, पुपुल जयकर—दिल्लीवालों के लिए यह क्षेत्रीय नाम नहीं थे और न ही श्रीकान्त के लिए। जिस इलाके की दहलीज पार करके वह दिल्ली पहुँचे थे—वहाँ का आसमान बड़ा था—जमीन बड़ी थी। फोन की डायरेक्टरी बड़ी थी—इतनी बड़ी राजधानी ही उसकी राजनीति को समेट सकती थी और उसे देश-भर में प्रवाहित भी कर सकती थी। बचपन के शहर में

चुनावोंवाली प्रजा बसती थी और उसकी देख-रेख करनेवाला बारीक तंत्र दिल्ली में था।

प्रजातंत्र।

इम्पीरियल वक़्तों के नाम—क्वीन्सवे और किंग्सवे पर नए जनपथ और राजपथ चमकने लगे थे और जनमानस में वह इत्मीनान से ऐसे जम चुके थे—जैसे कभी दूसरे थे ही नहीं। सदियों पुरानी राजधानी का यह नया मुखड़ा था और यह मुखड़ा उन प्रदेशी चेहरों पर चमकने लगा था जिन्हें दिल्ली में रहते एक दशक तो हो चुका था।

यूनाइटेड कॉफी हाऊस

हाँ, हाँ, हाँ कहकहे—

कई माथों ने एक साथ तरेरा—तिरछी आँखों से घूरा—हँसने की बातें हैं क्या? हैं! हम वहाँ देखने चल पड़े और सिर्फ सरकारी कार्यवाहियाँ देखने के लिए। इस देश के लेखकों के पास यही करने को रह गया।

नहीं उस्ताद, लेखक का यह काम है ही नहीं, लेखन कर्म में जुड़े रहना या पत्र-पत्रिकाओं का सम्पादन करना। जैसे निकाल रहे हैं श्रीपत 'कहानी' इलाहाबाद से। 'दोस्त' कहानी का 1955 का विशेषांक ही विशेष था।

एक पूरी पीढ़ी की कलम को प्रस्तुत किया था। इसलिए सम्पादक थे—भैरवप्रसाद गुप्त।

रांगेय राघव, कमलेश्वर, अमरकान्त, शेखर जोशी, मार्कंडेय, निर्मल वर्मा, कृष्णा सोबती।

अच्छा लिख रहे थे, ये लोग, जब वेतनभोगी नहीं थे।

—तुम वेतनभोगियों से बहुत खार खाते हो या, आखिर उन्हें भी बाल बच्चों का पेट पालने दो।

बाल-बच्चों का नाम ले रहे हो—पत्नी कहाँ गई।

ऊँची खाँसी में से होकर शब्द निकल—मायके।

इलाहाबाद वाले बलवन्त सिंह कुछ देर से प्रकाशन विभाग में उर्दू के सम्पादक रहे। अब जोश मलीहाबादी हैं। हिन्दी में देवेन्द्र सत्यार्थी हैं और अंग्रेजी में—जोश मलीहाबादी की दोस्ती है—नेहरूजी से। ओल्ड सेक्रेटेरिएट के कमरे में आराम से पीने का मजा लूटते हैं। कोई पूछनेवाला नहीं। कौन पूछेगा? शायर हैं और फिर वजीरेआजम की नजर सीधी है। मुकाबले में

सत्यार्थी को देखो। अपने कद, बुत और टैगोरी चेहरे के होते भी डटकर मेहनत करते हैं।

—यार उसने लोकगीतों को लेकर बहुत बड़ा काम किया है। गांधी और टैगोर दोनों की नजर में यह महत्त्वपूर्ण काम है। तुम्हारी नजर में क्यों नहीं बैठ रहा—ठीक, ठीक!

—क्या कहें। घुमन्तुओं की तरह घूमते रहो, जो कोई गा रहा हो लिख लो—फिर गांधी को दिखा दो।

—कैसी बात कर रहे हैं आप। जो भारत माँ की लोकवाणी, माँ की लोकवाणी एकत्र कर रहा है उसे साधुवाद तक नहीं कह सकते तुम।

दो प्रबुद्ध आमने-सामने तर्क पर उतर चुके थे—सो बिल चुकाकर उठ जाना ही मुनासिब था।

डंडी मार तराजू—रहने दो।

क्या उलजलूल बक रहे हो। बड़बड़ाते-बड़बड़ाते उठ गए। घंटों बैठा रहेगा दूसरे की मेज पर—बिल आने से पहले किसी न किसी बहाने खफगी में अवा-तवा बोलकर उठ जाता है।

आजकल तोंदवाले पुलिसिये जरा ज्यादा ही नजर आने लगे हैं और प्रशासनीय सेवाएँ—पतले-दुबले, छरहरे—

दोस्त वजह है—बिचारे इधर-उधर से ज्यादा हाथ नहीं मार सकते।

हाँ-हाँ-हाँ।

इस बन्दे का हँसना न सुनो, यह हँस-हँसकर खुद ही खुश हो रहा है। भेद जानता है क्योंकि ठेकेदारों का एक छोटा-मोटा ठेकेदार यह भी है।

यह है—लेखकों की उदीयमान नई पीढ़ी।

हाँ है। तुम्हारी तरह मनहूसियत की मारी हुई नही हैं। घंटों पर घंटे और घंटे पर घंटों बैठे हैं, कॉफी हाऊस में वह भी दूसरों के सिर पर और काम-धन्धा ढूँढ़ने की कसम है। पंजाबियों को देखो—

अरे छोड़ो, यह तबका ही दूसरा है। इनके अन्दरूनी हाल सब जानता हूँ।

...क्या? फकीरचन्द माथुर बोले—इनके यहाँ कुछ अन्दरूनी भी होता है? यह तो बिना पूछे सब उगलते रहते हैं।

—जय हिन्द भाई जय हिन्द। फकीर साहिब आप तो कसम खाए बैठे हैं कि बिचारे शरणार्थियों को हेय समझेंगे ही समझेंगे। थोड़ी देर रुकिए इन्हीं

के घरों में शादी-ब्याह करने पड़ सकते हैं।

लाहोलविला—

बस-बस अब हवेलियों की न सुनाइए माथुर साहिब, वह वक़्त जल्दी ही आनेवाला है। आप क्यों उनकी तरफ से बोल रहे हैं। सुना नहीं—शरणार्थी मंत्री अब छुड़ामल वालों का समधी है, समधी। फकीरचन्द माथुर ने कुछ याद हो आने की मुद्रा में घड़ी देखी और उठ खड़े हुए—यार मुझे कहीं पहुँचना है। वेटर चन्द प्रकाश हँस दिए—छोड़िए आपके प्याले का हिसाब अब अलग से क्यों होगा ? हमें आप कल पिलाइएगा। याद रखिएगा। आइएगा जरूर। जल्दी ही मेज बेरौनक हो गई। जितने में वेटर साहिब अपनी चुस्त हस्ती में मेज को साफ़ करें—कॉफी के मुरीदों ने चारों कुर्सियाँ घेर लीं।

कुछ इत्तेफाक ही था कि हमशत ऐसे वक़्त पर पहुँचे जब गोपाल प्रसाद व्यास अपने कान के रसिक चेलों के साथ मेज खाली होने की इन्तजार कर रहे थे।

नई पुरानी दोनों दिल्लियों के बाहर एक और बड़ी दिल्ली यहाँ के 305 गाँवों में नए बदलावों को ग्रहण कर रही थी। यूनेस्को द्वारा संचालित साक्षरता अभियान और नई सामाजिक गतिविधियाँ हर गाँव की चेतना को उभार रही थीं। उन्हीं दिनों अलीपुर में गाँवों में काम करनेवाले कार्यकर्ताओं के लिए विशेषज्ञों की निगरानी में जनता कॉलेज भी खोला गया था। इस ऐतिहासिक चित्र में यूनेस्को के तत्कालीन अधिकारी अपनी योजनाओं पर विचाररत हैं। बाईं तरफ हैं गिरधर गोपाल माथुर।